TABLEAU

DE

L'AMOUR CONJUGAL

PAR M. VENETTI

TOME PREMIER.

TELLIER.

PARIS.

LE BAILLY, LIBRAIRE-ÉDITEUR

Rue de l'Abbaye-Saint-Germain-des-Prés, 2 bis.

TABLEAU

DE

L'AMOUR CONJUGAL

—

TOME PREMIER

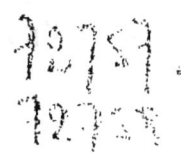

L'hymen a des appas pour deux cœurs bien unis
Que le plus pur amour à ses lois a soumis.

TABLEAU

DE

L'AMOUR CONJUGAL

PUBLIÉ APRÈS DES

RECHERCHES NOMBREUSES

SUR DES DOCUMENTS ANCIENS ET MODERNES

Par M. VENETTI

OUVRAGE ORNÉ DE 24 GRAVURES

TOME PREMIER

Le trésor d'une mère

PARIS

LE BAILLY, LIBRAIRE-ÉDITEUR

Rue de l'Abbaye-Saint-Germain-des-Prés, 2 bis.

1867

AVANT-PROPOS

Ce livre a pour objet une étude familière sur l'amour et le mariage.

Les développements dans lesquels ce sujet très-complexe doit nécessairement nous entraîner n'exigeront pas moins de quatre volumes ; mais nous aurons soin de donner à ces diverses sections de notre travail un caractère tout spécial, sans perdre de vue le rapport des détails à l'ensemble.

On pourra ainsi reprendre haleine après chaque question importante, et éviter cette tension d'esprit, inséparable de la lecture d'une œuvre de longue haleine, conçue d'un seul jet et qu'il faut embrasser, pour ainsi dire, d'un coup d'œil, sous peine de perdre le fruit des premiers enseignements qu'on en a tirés.

Au moment de parler de l'amour et du mariage, il est indispensable, ce nous semble, de connaître l'homme.

Avant de le suivre dans ses appétits moraux, dans ses désirs, dans ses volontés, dans ses passions, il faut savoir comment il respire, comment il agit, comment il vit, en un mot.

Avant de faire vibrer l'instrument, il faut en approfondir le mécanisme.

C'est donc la physiologie de l'homme, la recherche intéressante des mystères de son essence que nous prendrons pour point de départ.

Cette étude nous entraînera dans une série de questions également intéressantes, malgré la variété de leurs caractères ; nous aurons à examiner le mariage au point de vue historique, la condition de la femme aux diverses époques, la moralité de l'amour dans la vie conjugale, et enfin les différents points d'où dépendent le bonheur et la paix de l'homme sur cette terre.

Après viendront les exemples, c'est-à-dire une suite d'applications — sous forme de récits, — des idées que nous aurons émises.

Là sera la partie la moins abstraite de notre livre ; celle qui parlera le plus vivement à l'esprit ; mais, dégagée de toutes considérations générales, elle ne sera utilement parcourue que par ceux qui nous auront accompagné patiemment dans le développement de nos idées préliminaires.

LA CRÉATION.

TABLEAU

DE

L'AMOUR CON JUGAL

CHAPITRE PREMIER

L'Homme, la Femme, Physiologie naturelle.

L'homme, placé à la tête du règne animal, est revêtu de la suprême puissance sur tout ce qui respire. Il a été réservé à l'homme seul, entre tous les êtres, de pouvoir contempler son âme, et de mesurer ses devoirs et ses droits sur la terre.

Et pourtant, si nous étudions la conformation interne de l'homme et ses formes extérieures, il nous paraîtra qu'il est peu favorisé au physique, en le comparant au reste des êtres; il n'est pourvu d'aucune des armes défensives et offensives que la nature a distribuées à la plupart des animaux.

Sa peau nue est exposée à l'ardeur brûlante du soleil, comme à la froidure rigoureuse des hivers et à toutes les intempéries de l'atmosphère, tandis que la nature a protégé d'une écorce les arbres eux-mêmes.

Quelle est sa force devant celle du lion, et la rapidité de sa marche auprès de celle du cheval?

A-t-il le vol élevé de l'oiseau, la nage du poisson, l'odorat du chien, l'œil perçant de l'aigle et l'ouïe du lièvre ?

Et cependant, quoiqu'il soit le seul des animaux qui ne soit pas vêtu par la nature, il n'en est pas moins son chef-d'œuvre, et le dernier ouvrage sorti des mains de l'artiste du monde, le roi ou le premier des animaux, un monde en raccourci, le centre où l'univers entier se réfléchit.

Tout nous démontre l'excellence de sa nature et la distance immense que la bonté du Créateur a mise entre lui et la bête.

L'homme est un être raisonnable, l'animal brute est un être sans raison. L'homme le plus stupide suffit pour conduire le plus spirituel des animaux ; il le commande, le fait servir à son usage, et celui-ci lui obéit.

Les opérations des brutes ne sont que des résultats purement mécaniques, purement matériels et toujours les mêmes ; l'homme, au contraire, met de la variété ou de la diversité dans ses opérations et dans ses ouvrages, parce que son âme est à lui, et qu'elle est indépendante et libre !

Ainsi, l'homme est l'animal par excellence, le seul de son genre, mais dont les individus sont fort différents par la figure, la grandeur, la couleur, les mœurs, le naturel, etc.

Le globe que l'homme habite est couvert de productions de son industrie et des ouvrages de ses mains ; c'est réellement son opération qui met toute la terre en valeur.

Voyez, ainsi que le dit éloquemment l'illustre Buffon, ces contrées couvertes de plantes et d'animaux de toute espèce qui les surchargent : l'homme, attiré par l'abondance de leurs productions, y fixe sa demeure, subjugue et détruit les animaux, réduit en servitude les plus doux, frappe de terreur ou de mort les plus indomptables, abat les forêts, retranche cette exubérance de vie végétale par le feu, la cognée et la faux, purifie les airs, dessèche les marais, donne un libre cours aux eaux stagnantes, anime la nature morte, et y fait régner une perpétuelle harmonie. Mais bientôt l'espèce humaine, prenant un accroissement prodigieux par l'établissement des sociétés, des empires, des lois civiles et religieuses, par la perfection de la civilisation, la nature est de nouveau encombrée.

Jadis elle était étouffée, envahie par une surabondance de végétaux et d'animaux de toute espèce ; maintenant elle est accablée, dévorée par des hôtes puissants qui épuisent la terre de ses plantes et détruisent ses animaux.

Alors elle cherche à se débarrasser de cette multitude fatigante qui l'oppresse ; elle renverse la puissance de l'homme, change ses cités en désert par la famine et les pestes, détruit les empires, met l'épée dans la main des conquérants, fait déborder des régions du Nord ses hordes dévastatrices, renouvelle par des révolutions politiques la masse des générations humaines, envoie des maladies qui attaquent la reproduction de l'espèce, et rétablit par ces grandes secousses l'équilibre entre les êtres organisés.

Si l'homme n'est qu'un instrument nécessaire dans le système de vie, tout ce qui existe n'est donc pas formé pour son bonheur, et, s'il est le plus puissant, le plus parfait de tous les animaux, c'est assez d'être le centre d'action, le mobile commun auquel viennent se rapporter toutes les forces particulières.

Mais quelle démence de croire que tout est destiné à son bonheur !

La mouche qui l'irrite par sa piqûre, le ver qui dévore ses entrailles, sont-ils nés pour le servir ?

On ne peut donc pas dire que l'homme règne sur la terre ; ce sont les lois de la nature, dont il n'est que l'interprète et le dépositaire ; il tient d'elles seules l'empire de la vie et de la mort sur l'animal et la plante, mais il est soumis lui-même à ces lois terribles, irrévocables ; il en est le premier esclave, car on ne doit pas oublier que toute la puissance de la terre, toute la force du génie humain, se tait en la présence du maître éternel des mondes.

Quelle que soit l'importance de cet ouvrage, on comprendra qu'il est certaines bornes dans lesquelles nous devons nous renfermer, et notre cours de physiologie doit être assez restreint pour laisser la place à des sujets plus complexes, surtout à ceux qui doivent traiter de la structure du corps humain ; mais, avant d'entrer dans des détails anatomiques, nous croyons devoir parler de la femme au point de vue physiologique.

Les différences sexuelles ne sont point bornées aux seuls organes de la génération dans l'homme et dans la femme ; mais toutes les parties de leur corps, celles mêmes qui paraissent être indifférentes aux sexes, en éprouvent cependant quelque influence.

Chez l'homme, la taille est plus élevée, les muscles sont plus gros, plus formés; la peau est plus brune, le cerveau plus étendu, les os plus robustes, la voix plus grave, la poitrine plus large; enfin tous les signes de la force s'accusent mieux chez l'homme que chez la femme.

La femme a communément les cheveux longs, fins et flexibles, une peau blanche et délicate, une généralité de formes qui, révélant sa faiblesse physique, semble se résigner à la protection de l'homme, une voix douce; sa sensibilité est extrême; son système nerveux très-mobile.

La femme est faite pour aimer; c'est par les qualités de l'âme, les séductions du corps qu'elle domine l'homme; elle sait prêter à toutes ses actions le charme du cœur et de l'amour; elle sait plaire, ravir l'esprit et commander à l'amour. Chez elle, tout annonce la faiblesse qui demande un appui. La femme est donc destinée par la nature à l'infériorité physique.

Mais, par un arrangement admirable, l'être le plus fort a été asservi au plus faible par l'empire de l'amour.

L'héroïsme se rencontre très-fréquemment chez la femme.

Nous pouvons citer, pour exemples, Mlle de Sombreuil, disputant la vie de son père aux égorgeurs du 2 septembre 1793, et allant jusqu'à boire un verre de sang pour l'arracher au trépas; Mlle Cazotte, sauvant également son père par son courage, aux plus mauvais jours de la Terreur.

A une époque plus éloignée de nous, nous

voyons deux femmes remontant le courage abattu des guerriers : Jeanne d'Arc et Jeanne Hachette.

Et enfin, au début de notre histoire nationale, une simple fille des champs oppose au farouche Attila la sérénité de son visage, cette foi vive qui anime les martyrs, et on la voit, un simple crucifix à la main, tomber aux pieds du farouche guerrier qui s'intitulait le *Fléau de Dieu*, l'émouvoir, le toucher, et sauver Paris des horreurs d'un siége meurtrier, d'une dévastation totale.

Nous pourrions multiplier les exemples; mais à quoi bon? en France, la cause de la femme est depuis longtemps gagnée, et notre supériorité sur les autres peuples, au point de vue de l'urbanité et du savoir-vivre, c'est à elle que nous la devons.

Si nous passons maintenant aux différents types de femmes, nous trouverons de grandes variétés dans leur beauté.

Dans le Nord, elles sont fréquemment blondes et blanches; mais il arrive parfois que cette blancheur éblouissante dégénère en fadeur.

Dans le Midi, les brunes dominent.

Mais le sexe le plus beau de la terre habite les contrées tempérées de l'Europe et de l'Asie. Les belles Françaises sont surtout vers Avignon, Marseille, et dans la plupart des endroits de l'ancienne Provence qui furent peuplés anciennement par une colonie grecque de Phocéens.

Les Espagnoles les plus jolies se trouvent vers Cadix, et les plus agréables Portugaises sortent de la ville de Guimanarez.

On rencontre de très-belles femmes en plusieurs lieux de l'Italie ; les Siciliennes et les Napolitaines, issues des anciennes colonies grecques, sont aussi très-belles.

Les Albanaises ont le corps bien fait, et les femmes de l'île de Chio sont charmantes ; celles de l'Archipel, de la mer Égée, sont très-blanches, enjouées et fort agréables ; elles ont, comme toutes les Grecques, des yeux grands et extrêmement beaux.

Les Circassiennes, les Mingréliennes, les Kachemiriennes et les Géorgiennes, sont principalement les modèles les plus accomplis qui soient sortis des mains de la nature ; tous les voyageurs sont d'accord à ce sujet ; et les récits nouveaux qui s'ajoutent chaque année au recueil de leurs écrits, tendent à confirmer incessamment cette appréciation.

Dans ces régions privilégiées, où les races conservent généralement leur individualité en se gardant de toute alliance étrangère, un visage laid est une exception, et il est étrange que de si beaux peuples soient précisément environnés des plus hideux habitants de la terre ; de laids Kalmoucks, de Tartares Nogaïs, aux nez épatés, aux yeux bridés, à la peau noirâtre.

Les femmes de la Circassie sont très-blanches, de beaux yeux bleus, une chevelure blonde, un teint parfait, une taille svelte et ondoyante, les contours les plus moelleux, la voix la plus enchanteresse, une démarche légère, tel est l'ensemble de ces créatures vraiment favorisées.

Les Turques sont aussi fort jolies ; elles se peignent les sourcils en noir ; les Turcs pré-

fèrent les femmes rousses aux brunes, qui sont
très-recherchées par les Persans.

Les Mauresques peuvent passer pour assez
jolies; celles des montagnes de l'Atlas sont
assez blanches; mais celles qui vivent dans
les villes, à l'abri des feux du soleil, sont d'une
blancheur à rivaliser avec celle des plus belles
Européennes.

Suivant Belon, toutes les femmes de l'Orient,
même celles du bas peuple, sont douées d'une
beauté ou tout au moins d'une fraîcheur sans
pareille, due au fréquent usage des bains.

Cette opinion est erronée; il y a en Orient,
comme partout, des types de vulgarité et de
laideur assez nombreux parmi les femmes de
toutes les classes.

Le genre de vie adopté dans les harems ne
contribue pas peu d'ailleurs à détruire la
beauté et surtout la grâce chez les créatures
qui y sont soumises. La paresse, l'oisiveté et la
gourmandise déterminent chez elles un embonpoint précoce qui les rend stupides et les
plonge dans une sorte d'engourdissement
physique et moral.

Les femmes arabes sont fort agréables dans
leur jeunesse; dans tout l'Orient, les femmes
se teignent les mains en orangé avec le henné,
et les Égyptiennes s'épilent tout le corps.

Les négresses ne sont point tout à fait dé-
pourvues de beauté; les Persans en font venir
un assez grand nombre, ainsi que les Judéens,
qui aiment beaucoup pour esclaves les filles
cafres toutes noires qui leur sont amenées
de Mozambique.

Et, puisque nous en sommes aux négresses,

nous pensons que c'est pour nous le moment de parler des charmantes créoles.

Mais d'abord, qu'est-ce qu'un créole ?

Un Européen qui s'établit dans les colonies, et qui s'y marie à une Européenne, engendre des enfants créoles.

Nous ne parlons pas ici de l'homme créole, dont la sensibilité est excitée à l'excès, l'imagination extrêmement fougueuse, et qui ne vit en quelque sorte que par élan ; mais seulement de la femme créole.

La créole est indolente, faible et timide, et pourtant sujette à s'emporter jusqu'à la rage ; elle est passionnée pour la danse et pour tous les plaisirs. Cruelle et vindicative envers les esclaves, elle inflige aux nègres des châtiments horribles pour le moindre sujet.

Les femmes créoles deviennent pubères plus tôt qu'en Europe, mais elles sont très-exposées aux avortements ; elles sont très-fécondes, et il n'est pas rare de voir des créoles mères de dix à douze enfants ; la vieillesse, chez elles, est plus précoce que chez les femmes de nos pays.

Maintenant que nous avons passé en revue une grande partie des races humaines, nous allons traiter de la structure humaine et décrire, ainsi que le disent si heureusement les Anglais, la maison que nous habitons.

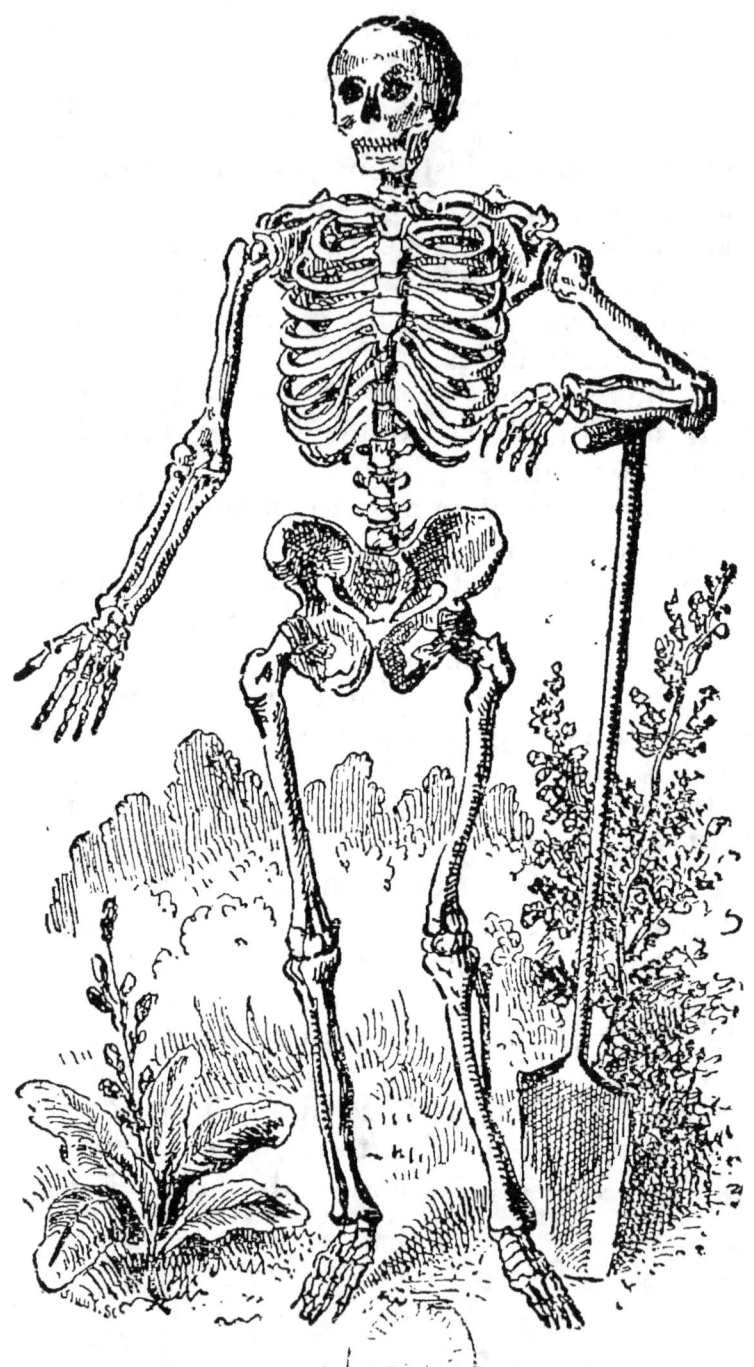

LA CHARPENTE HUMAINE.

CHAPITRE II

La Charpente.

Quand on bâtit une maison, l'important est d'assurer la solidité de la charpente, qui répond du reste de l'édifice.

En créant l'homme, Dieu l'a pourvu aussi d'une charpente merveilleusement agencée.

Elle soutient les tissus qui composent le corps, protége les organes qu'il renferme et en même temps constitue l'appareil moteur de l'homme.

Cette charpente ou ce squelette, comme il convient plus spécialement de l'appeler, se divise en trois parties qu'il faut examiner séparément :

La tête,

Le tronc,

Les membres.

La tête se partage en deux portions : le crâne et la face.

Le crâne va du front à la nuque et présente la forme d'une boîte ovale, composée de huit os plats articulés ensemble et offrant une épaisseur suffisante pour en garantir la solidité.

Sous ces os s'abritent le cerveau et le cervelet, parties nobles qu'il importait de cuirasser en vue des chocs qu'elles sont exposées à subir.

Rien de remarquable d'ailleurs sur la surface supérieure du crâne; sa base au contraire, cette partie qui touche au cou, montre une série de trous dont le plus grand est traversé par la moelle épinière.

Près de son bord, il existe une sorte de pivot sur lequel la tête se trouve presque en équilibre et qui sert à son articulation sur la colonne vertébrale.

La face est plus compliquée que le crâne. Ce dernier n'a que huit os; elle en compte quatorze de configurations très-diverses et présente cinq grandes cavités.

Ces cavités servent à loger les organes de la vue de l'odorat et du goût.

Tout le monde a pu les observer sur une tête de mort, à la place des yeux, du nez et de la bouche.

Pour étudier les os de la face, commençons par le haut, c'est-à-dire par les parties voisines du crâne. — L'os du front est le premier; — il forme la voûte des *orbites*, petites fosses destinées à recevoir les yeux. — Entre les deux orbites, s'élèvent les os du nez dont la saillie est fort peu considérable, relativement au volume que présente cet organe lorsqu'il est recouvert de ses parties charnues.

Par contre, les cavités nasales sont étendues.

Elles s'enfoncent dans un os nommé l'os *ethmoïde*, et se trouvent séparées de la bouche par la voûte osseuse du palais.

Il faut inscrire enfin les os maxillaires, pièces très-importantes de l'appareil facial.

Les os maxillaires s'articulent avec l'os frontal et forment la mâchoire où sont plantées les dents.

Le maxillaire inférieur, ou mâchoire inférieure, est le seul os de la face qui soit mobile.

C'est lui qui prend la part la plus active à la mastication des aliments et qui utilise avec le plus de force ces autres petits os auxquels nous venons de donner le nom de dents.

L'histoire des dents est assez intéressante pour que, à leur sujet, nous ne nous bornions pas à un simple aperçu.

Le rôle qu'elles jouent dans la mastication est tracé d'une façon fort nette par l'auteur de l'*Histoire d'une bouchée de pain*, le meilleur ouvrage d'instruction familière que l'on ait publié depuis bien longtemps.

Nous lui empruntons les passages suivants :

« Les dents sont chargées de faire la toilette à ce qui se présente. — C'est une toilette qui ne conviendrait pas à tout le monde. — Elle consiste à être hachée comme chair à pâté. — Pour mieux faire leur ouvrage, les dents se sont partagé les rôles. — Les unes coupent, les autres déchirent, les autres broient.

« Les premières sont ces dents plates qui sont sur le devant des deux mâchoires, juste au-dessous du nez. — Tâtez-les avec le bout du doigt, vous verrez qu'elles se terminent en lames tranchantes comme des couteaux. — On les nomme les *incisives,* du mot latin *incidere,* qui veut dire couper. — C'est avec celles-là qu'on mord dans le pain et dans les pommes, où il ne s'agit d'abord que de couper. — C'est aussi avec celles-là que les petites filles paresseuses coupent leur fil quand elles ne veulent pas se donner la peine de chercher leurs ciseaux, et, par parenthèse, c'est une très-mauvaise habitude, parce qu'en les frottant ainsi les unes contre les autres, on les use.

« Les secondes sont les petites dents pointues qui viennent après les incisives des deux côtés de chaque mâchoire. Vous les trouverez bien facilement et vous sentirez la petite pointe en appuyant un peu. — Si les premières sont les couteaux de la bouche, celles-là sont les fourchettes. — Elles servent à piquer dans ce que l'on veut déchirer, et on les appelle *canines*, du mot latin *canis*, qui veut dire chien, parce que les chiens en font un grand usage pour déchirer la viande. — Ils mettent la patte dessus, en enfonçant les canines dedans et amènent le morceau en jetant la tête de côté.

« Je ne sais pas pourquoi on a choisi le chien pour baptiser nos canines, car tous les animaux qui mangent de la viande ont des crocs comme le chien, et le lion, le tigre, bien d'autres encore les ont bien plus développés et plus pointus.

« Les dernières dents qui sont placées dans le fond de la bouche ont reçu le nom de *molaires*, du mot latin *mola*, qui veut dire meule.

« Elles font la même besogne que la meule des meuniers, c'est-à-dire qu'elles broient tout ce qui tombe dessous. — Celles-là se terminent par une surface plate, carrée, avec des petites aspérités que vous sentirez tout de suite en y mettant le doigt. — Ce sont les plus grosses et les plus fortes de nos dents.

« La partie de la dent qui s'enfonce dans la mâchoire s'appelle la racine, et les incisives qui ne doivent pas beaucoup fatiguer ont de petites racines étroites et courtes.

« Les canines, qui sont destinées à tirer de côté courraient le risque de s'arracher et de rester plantées dans ce que l'on veut déchirer. — Elles ont des racines qui s'enfoncent bien avant dans la mâchoire, et, en conséquence, elles donnent plus de mal que les autres quand il faut aller chez les dentistes. — Ces fameuses *dents de l'œil* qui font si peur en pareille circonstance, ce sont les canines de la mâchoire supérieure, dont la place est en effet juste au-dessous de l'œil.

« Les molaires étaient en danger d'être ébranlées dans leur mouvement de côté, en broyant. — Elles font comme vous quand on vous pousse de côté ; vous jetez les deux jambes à droite et à gauche pour mieux résister. — Les molaires ont deux racines, qu'elles jettent aussi à droite et à gauche, quelquefois trois, quelquefois quatre, — et il ne fallait pas moins que cela pour le métier qu'elles ont à faire.

« Au-dessus de la racine est ce que l'on appelle la couronne. C'est la partie à l'air, la partie qui travaille et qui frotte constamment. Si dure qu'elle soit, elle finirait bientôt par s'user à ce jeu 'à, si elle n'était pas revêtue d'une substance encore plus dure qu'elle, qui l'enveloppe comme une armure et qui porte le nom d'émail.

« C'est l'émail qui donne aux dents ce poli et ce brillant qui les rend si jolies à voir ; et il faut bien le ménager, non pas seulement par coquetterie, ce qui serait aussi une raison,

mais surtout parce que l'émail est le défenseur
et le gardien de la dent, et qu'une fois l'émail
parti, on peut dire adieu à la dent. —Tout ce
qui est acide mord sur l'émail, comme une
goutte de vinaigre ou de jus de citron sur du
marbre; et l'un des meilleurs moyens de conserver cette jolie cuirasse de la dent, c'est de ne
jamais mordre dans un de ces vilains fruits
verts que le vent fait tomber de l'arbre avant
le temps. »

Les dents doivent être au nombre de trente-
deux, mais elles n'atteignent ce nombre que
vers la trentième année de l'âge de l'homme,
alors que poussent ces quatre molaires appe-
lées communément dents de sagesse.

La deuxième partie du squelette, le tronc, a
pour élément principal la colonne vertébrale
ou colonne épinière.

Cette colonne est un chapelet de petits os
parfaitement unis entre eux et percés chacun
d'un trou.

Tous ces trous superposés forment un tube
ou canal par où doit passer la moelle épinière
et qui, suivant à peu près les dimensions de la
colonne elle-même, s'étend depuis le crâne jusqu'à l'extrémité du tronc.

La colonne épinière est formée de trente-
trois vertèbres, dont douze appartiennent spécialement à la région du dos.

Chacune de ces douze vertèbres porte une
paire d'arceaux très-larges et aplatis qui se re-
courbent autour du tronc de manière à former
une cage osseuse.

Ce sont les côtes.

Il y en a douze de chaque côté du corps. Les sept premières paires sont comme soudées à un os plat et long qui occupe le devant de la poitrine et qu'on désigne sous le nom de *sternum*. — On les appelle les vraies côtes ; les fausses côtes se composent des cinq dernières paires non réunies au sternum.

Les membres complètent la structure de l'homme.

Il n'entre point dans notre plan de nommer un à un tous les os qui s'y rattachent ; nous voulons nous renfermer dans des indications générales, comme nous venons de le faire pour le crâne et pour le tronc.

Après avoir indiqué l'omoplate, grand os triangulaire qui occupe la partie supérieure du dos et a pour destination de recevoir et d'enchâsser dans une cavité articulaire l'extrémité de l'os du bras, et la clavicule, cylindre assez grêle servant à maintenir les épaules écartées et situé dans le haut de la poitrine, nous examinerons plus attentivement les bras et les jambes, appareils de travail et de locomotion.

En langage ordinaire on nomme indifféremment bras toute la partie qui s'étend de l'épaule à la main. — En ostéologie, le bras se compose seulement de l'os enchâssé dans la cavité de l'omoplate et descendant jusqu'au coude.

Au coude commence l'avant-bras, composé de deux os plus minces, écartés l'un de l'autre, légèrement infléchis et très-mobiles. — Ce sont le *cubitus* et le *radius*.

Ce dernier est tourné en dehors et porte à son extrémité la main, à laquelle il sert de pivot.

Avant la main et à côté du radius, on rencontre une série d'osselets doués d'une certaine mobilité ; ils constituent le poignet ou le *carpe*, pour parler la langue des praticiens.

A la suite du poignet vient le *métacarpe*, qui comprend cinq petits os longs conduisant aux doits, auxquels ils se trouvent attachés.

Enfin les doigts sont formés chacun par une série d'os frêles appelés phalanges. — Le pouce n'en présente que deux, mais les autres doigts en ont trois. — La dernière phalange s'appelle aussi phalangette.

De tous les doigts, le plus usuel est le pouce. — L'auteur que nous avons précédemment cité a écrit sur l'usage du pouce la charmante page que voici :

« Parmi vos cinq doigts, il y en a un plus gros, celui qu'on appelle le pouce, qui est jeté sur le côté, tout à fait en dehors des autres. Regardez-le avec respect ; c'est à ces deux petits os recouverts d'un peu de chair que l'homme doit une partie de sa supériorité physique sur les animaux. — C'est un de ses meilleurs serviteurs, un des plus beaux cadeaux que Dieu lui ait faits. — Sans le pouce, les trois quarts des industries humaines (pour être modeste) seraient encore peut-être à créer, et la première de toutes, l'industrie qui consiste, non pas seulement à porter à sa bouche ce qui est dans son assiette, mais à faire arriver dans l'assiette ce qui s'y trouve, question bien autrement grave, cette industrie-là aurait rencontré des difficultés dont vous n'avez pas l'idée.

«Avez-vous remarqué, quand vous voulez saisir un objet, nn morceau de pain par exemple, puisqu'il s'agit, entre nous, du manger, avez-vous remarqué que c'est toujours le pouce qui se met en avant et qu'il est toujours, lui seul, d'un côté, pendant que tout le reste des doigts est de l'autre?

«Si le pouce n'est pas de la partie, rien ne tient dans la main et vous ne sauriez plus qu'en faire. Essayez, pour voir un peu, de porter votre cuiller à la bouche sans y mettre le pouce; vous verrez tout le temps qu'il vous faudra pour manger une mauvaise assiette de soupe. Le pouce a été disposé de façon qu'il peut venir se mettre en face des autres doigts, l'un après l'autre ou tous ensemble, comme on veut, ce qui nous permet de tenir ferme, comme avec une pince, tous les objets petits et gros. Notre main doit sa perfection à cette bienheureuse disposition qui n'a pas été accordée aux autres animaux, sauf au singe, notre plus proche voisin.

«Je vous dirai même pendant que nous y sommes que c'est là ce qui distingue une main d'une patte ou d'un pied. Notre pied, qui a autre chose à faire qu'à ramasser des pommes ou à tenir une fourchette, notre pied a aussi cinq doigts; mais le plus gros ne peut pas venir faire face aux autres : ce n'est pas un pouce, et c'est à cause de cela que notre pied n'est pas une main. Le singe, lui, a des pouces aux quatre membres; aussi a-t-il des mains au bout des jambes comme au bout des bras. »

A ce qu'on vient de lire touchant le pied, il importe d'ajouter que le système osseux des membres inférieurs a la plus grande analogie avec celui du bras.

On y remarque toutefois moins de mobilité, mais par contre une solidité plus grande.

Le même os principal qui pour le bras s'enchâsse dans l'épaule, vient ici aboutir à une portion plate, qui est la hanche. Cet os est celui de la cuisse; il répond au bras, comme la jambe et le pied qui lui font suite, répondent à l'avant-bras et à la main.

Voilà à peu près l'homme, tel qu'il apparaît dépouillé de son enveloppe.

Pour en finir avec ces détails, qui ne sont que les préliminaires des observations que nous avons à faire, il faut voir comment cette charpente osseuse est habillée.

Les os sont mis en mouvement par les muscles, masses fibreuses, qui se composent d'une multitude de ligaments accolés les uns aux autres.

Ces muscles s'adaptent ordinairement à deux os différents, et par leur contraction ils déplacent et font mouvoir les diverses pièces de la charpente.

Le mécanisme de la contraction musculaire n'est pas encore bien connu. On sait cependant que ce sont surtout les nerfs qui provoquent cette contraction, soit spontanément, soit sous l'influence de la volonté.

Les nerfs sont formés d'une substance blanchâtre ou grise; ils sont disposés en masses ou s'étendent en cordons destinés à mettre le cerveau en rapport avec les autres parties du corps.

Indépendamment des impressions spontanées qui agissent sur le système nerveux et excitent son action, on doit considérer les nerfs comme les agents de la volonté.

Les artères et les veines, dont nous aurons bientôt à examiner l'utilité, constituent avec les nerfs et les muscles une sorte d'immense filet jeté sur la charpente osseuse et se mêlant aux organes qu'elle renferme.

Ces organes, ces viscères sont, dans le crâne, le cerveau, dans la poitrine, le cœur et les poumons, et dans l'abdomen, l'appareil digestif.

La chair proprement dite n'est qu'un composé de nerfs, de muscles, de veines et d'artères tellement pressés, tellement ténus, qu'au microscope même on ne peut en distinguer tous les éléments et qu'au simple examen elle présente l'aspect d'un tout parfaitement homogène.

Sur cette chair, sur ce tissu cellulaire, disons le mot véritable s'étend la peau.

Elle se compose de plusieurs couches, dont les plus immédiates sont l'épiderme et le derme : l'épiderme qui est la partie palpable de notre être, le derme qui en forme la doulure.

Entre ces deux couches on trouve une substance colorante (pigmentum) qui donne à la peau sa nuance appréciable.

C'est d'après la manifestation de cette nuance

qu'on a divisé le genre humain en diverses races : blanche, noire, cuivrée, etc.

Nous ne pourrions, sans sortir des limites de ce travail, rechercher les causes de ces différences de colorations.

Notre homme est sommairement décrit : nous avons examiné à grands traits sa structure intérieure et énuméré les divers éléments de sa forme apparente : nous allons maintenant le regarder vivre.

CHAPITRE III

La nutrition et la digestion.

« Qui dort dîne » affirme un proverbe populaire. Ce mot est conforme aux observations de la science. Le besoin d'aliments, la *faim*, s'augmente en raison de l'exercice qu'on se donne, de la force qu'on dépense. Tout ce qui tend à ralentir le mouvement vital, l'immobilité, le sommeil, rend le besoin d'aliments moins impérieux.

Les animaux qui restent engourdis pendant les grands froids ne mangent pas tant que dure cet engourdissement.

Mais ceux dont l'existence est très-active, comme l'homme, ne pourraient supporter sans danger pour leur vie une longue abstinence.

De même que, lorsque le réservoir d'une lampe se trouve vide, la mêche grille, l'estomac gronde lorsqu'il est depuis trop longtemps privé de son alimentation habituelle.

Cet appel de l'estomac se produit au moins deux fois par jour, si l'homme néglige de le prévenir; mais pour certains sujets dont la digestion est très-rapide, deux repas ne suffisent pas toujours à apaiser les exigences de ce maître que nous portons en nous-mêmes. Par contre, on rencontre quelques individus qui peuvent passer jusqu'à trente-six heures sans manger et n'en paraissent nullement incommodés.

L'élaboration de la nourriture offerte à l'estomac et sa transformation en principes vitaux commencent à s'opérer dès l'ingestion des aliments dans la bouche.

Les dents en broyant, en réduisant en pâtée les comestibles qu'elles reçoivent, facilitent déjà le travail de l'estomac.

Quand cette pâtée est suffisamment menue, et, suivant Brillat-Savarin, il ne faut pas moins de vingt-huit à trente-deux coups de mâchoires pour l'amener au point désirable, la langue s'en empare, la roule en boulette, se recourbe et la précipite dans l'arrière-bouche, qui est le vestibule de l'estomac.

Ce vestibule, où il faut nous arrêter un instant, est séparé de la bouche par une languette de chair très-mobile que les aliments soulèvent en passant et qu'on appelle le voile du palais.

Pour se faire une idée de l'aspect de l'arrière-bouche, il n'y a qu'à se représenter une chambrette dont le plafond serait percé d'un trou et dont le sol présenterait deux ouvertures.

Le trou du plafond conduit au nez.

La première des deux ouvertures du sol communique avec les poumons; la seconde avec l'estomac.

Quand on avale, la languette de chair, le voile du palais, se relève et vient boucher le trou supérieur, le conduit des poumons se resserre, et il ne reste d'autre route ouverte aux aliments que le tuyau de l'estomac dans lequel ils tombent naturellement.

Pour que cette opération assez complexe s'accomplisse convenablement, il faut éviter toutefois de chasser l'air des poumons dans la bouche, ce qui arrive lorsqu'on parle en mangeant, car alors, il y a un double jeu d'organes, et les aliments destinés à l'estomac peuvent fort bien se tromper de chemin et s'engager dans l'ouverture des poumons.

C'est ce que l'on appelle *avaler de travers*.

Quand cela arrive, il faut tousser violemment pour chasser l'intrus.

Souvent on n'y parvient pas, l'aliment ingéré refuse de revenir en arrière, et la mort est la suite de cette fausse manœuvre.

On nomme *larynx* le passage ouvert dans l'arrière-bouche et conduisant aux poumons; celui qui mène à l'estomac s'appelle l'*œsophage*.

C'est un long tuyau, formé d'une série d'anneaux très-élastiques qui se resserrent derrière les aliments pour les pousser en avant à mesure qu'ils se présentent dans l'œsophage.

Quand elle a traversé ce long corridor, la pâtée préparée par les dents, triturée par la langue, la pâtée tombe dans l'estomac où elle va subir une nouvelle préparation.

L'estomac est une poche membraneuse située en travers, à la partie supérieure de l'abdomen. Il a la forme d'une cornemuse, ou si on le préfère d'une poire; communique avec l'œsophage par sa partie la plus volumineuse, et se termine en se rétrécissant par une ouverture appelée *pylore,* à la suite de laquelle commencent les intestins.

Les parois de l'estomac sont très-extensibles; lorsqu'il n'est pas plein d'aliments, elles se resserrent, et on voit alors sur leur surface intérieure une multitude de plis.

Le nombre de ces plis diminue à mesure que l'organe se gonfle pour faire place à la matière nutritive.

Sur la surface de la membrane qui tapisse la poche de l'estomac, on remarque aussi un nombre très-considérable de petites cavités qui laissent couler sur les aliments un liquide qui les transforme.

Ce liquide est le suc gastrique, l'agent le plus important peut-être de la digestion.

Il se forme dans l'estomac même, excité par l'invasion des aliments, et possède des propriétés acides très-propres à dissoudre les substances qui lui sont offertes.

Sous l'action de ce suc gastrique, ces substances se changent en une matière molle, grisâtre, qui est du *chyme* et qui doit, en pas-

sant par l'intestin, comme nous le verrons
bientôt, se modifier à son tour.

Avant de quitter l'estomac, nous tenons à
citer *in extenso* un paragraphe de M. Milne-
Edwards, relatif à la nature du travail digestif.

«On a fait, dit-il, un grand nombre d'expériences dans la vue de nous éclairer sur ce qui
se passe pendant la digestion des aliments dans
l'estomac. Les plus remarquables sont celles
de Spallanzani, physiologiste célèbre de Mo-
dène. A l'époque où il entreprit ses recherches,
on croyait que ce phénomène n'était autre
chose qu'une espèce de trituration, et que le
chyme n'était que des aliments broyés de façon à les réduire en pulpes; mais Spallanzani
montra qu'il en était autrement. Il fit avaler à
des oiseaux des aliments renfermés dans des
tubes et dans des espèces de petites boîtes
métalliques dont les parois étaient criblées de
trous de façon à préserver ces substances de
tout frottement, mais à ne point les soustraire
à l'action des liquides contenus dans l'estomac,
et il trouva que la digestion s'en faisait comme
dans les circonstances ordinaires.

Il en conclut avec raison que le suc gastrique doit être la principale cause de la chymification des aliments; et, pour le mieux démontrer, il eut recours à des expériences très-
ingénieuses : il fit avaler à des corbeaux et à
d'autres oiseaux de petites éponges attachées
à une ficelle, au moyen de laquelle il retira
ces corps de l'estomac, après qu'ils y eurent
séjourné quelques minutes et qu'ils s'y furent

imbibés des liquides contenus dans cette cavité. Il se procura ainsi une quantité considérable de suc gastrique, qu'il plaça dans de
petits vases, avec des aliments convenablement divisés; il eut soin en même temps d'é-
lever la température, de façon à imiter autant
que possible les circonstances dans lesquelles
la chymification a lieu, et au bout de quelques
heures il vit la masse alimentaire soumise à
cette digestion artificielle, se transformer en
une matière pulpeuse, semblable en tout point
à celle qui se serait formée dans l'estomac par
suite d'une digestion naturelle.

D'autres observations faites sur l'homme lui-
même ont conduit à des résultats semblables.
Celles que l'on doit à un médecin américain,
le Dʳ Beaumont, offrent surtout un grand intérêt; elles ont été faites sur un jeune homme
très-bien portant, mais dont l'estomac avait
été ouvert par une blessure d'arme à feu, et
dont la guérison était restée imparfaite, de
façon que la plaie, quoique cicatrisée, laissait
béant un orifice au moyen duquel il était facile de voir tout ce qui se passait dans l'intérieur de cet organe. Ce médecin s'est assuré,
de la sorte, que les aliments en arrivant dans
l'estomac, excitent la sécrétion du suc gastrique, s'en imbibent et sont ensuite digérés par
la seule action de cet agent, car lorsqu'il les
retirait de l'estomac, ainsi imbibés, il les voyait
encore peu à peu se transformer en une masse
chymeuse. A l'aide d'un tube, il lui était facile
aussi de se procurer de ce suc gastrique, qu'il
voyait suinter des parois de l'estomac, et en

employant le liquide comme l'avait déjà fait Spallanzani, pour des digestions artificielles, il a réussi à transformer des morceaux de bœuf en une substance semi-fluide, semblable au chyme que cette matière alimentaire aurait produit par la digestion naturelle.

Il est donc évident que *le suc gastrique est la cause principale des altérations que les aliments éprouvent pendant leur séjour dans l'estomac.*

La portion du tube dans lequel les aliments sortant de l'estomac s'engagent, en passant par le *pylore,* s'appelle *intestin.*

L'intestin est contourné sur lui-même et réside dans l'abdomen. Sa longueur égale sept fois celle du corps.

Chez les animaux exclusivement carnassiers, tels que le lion, elle est moins considérable; car les viandes sont d'une digestion très-prompte, contiennent une grande quantité de matière nutritive, et subissant plus promptement l'action du suc gastrique, ne sont point forcées par conséquent de demeurer longtemps dans le laboratoire de la digestion, qui peut être conséquemment moins développé.

Le contraire s'observe chez les animaux herbivores. L'herbe, très-longue à digérer, et peu féconde en principe nutritifs, doit séjourner fort longtemps dans le canal alimentaire.

Aussi, chez les individus de cette espèce, ce canal atteint-il une longueur exceptionnelle.

Celui du bélier égale vingt-huit fois la longueur de son corps.

Les intestins ne sont pas abandonnés à eux-mêmes et ne flottent pas dans l'abdomen.

Ils sont renfermés dans une membrane nommée *péritoine*, et tiennent par elle à la colonne vertébrale.

On les divise en deux parties : l'intestin grêle et le gros intestin.

L'intestin grêle est en rapport immédiat avec l'estomac; il représente les trois quarts de la longueur totale des intestins.

Il est fort étroit, sa surface est lisse, mais à l'intérieur on le trouve pourvu de petites saillies et de *follicules*.

Ces follicules distillent une humeur visqueuse qui continue la métamorphose des aliments; quant aux petites saillies, leur rôle consiste à absorber les produits de la digestion.

En descendant dans cet intestin, les matières nutritives s'y mêlent avec les humeurs fournies par les *follicules* et avec deux autres liquides, émanant d'organes voisins de l'estomac.

Ces deux liquides sont la *bile* et le *suc pancréatique*.

« Le foie (1), qui est l'organe producteur de la bile, est le viscère le plus volumineux du corps. — Il est situé à la partie supérieure de l'abdomen de l'homme, principalement du côté droit, et descend jusqu'au niveau du bord inférieur des côtes. — Sa face supérieure est convexe et sa face inférieure irrégulièrement concave. — La couleur de cet organe est rouge-

_____

(1) Cours élémentaire d'histoire naturelle. Milne-Edwards p. 48.

brun et sa substance est molle et compacte, et, lorsqu'on la déchire, elle paraît être formée par l'agglomération de petites granulations solides, dans lesquelles aboutissent les vaisseaux sanguins, et desquelles naissent les conduits excréteurs destinés à porter la bile au dehors.

« La *bile* est un liquide visqueux, filant, ver- dâtre et d'une saveur très-amère. — Elle est toujours alcaline et a beaucoup d'analogie avec du savon. »

Le suc pancréatique ressemble à de la salive; il provient de la glande *pancréas*, placée en tra- vers, entre l'estomac et la colonne vertébrale.

« Le foie et le pancréas communiquant avec l'intestin et lui versant les liquides dont ils dis- posent, le chyme, la matière préparée par l'es- tomac, se mêle à ces liquides et aux autres humeurs et change peu à peu de propriétés.

« Il devient jaunâtre, amer, de moins en moins acide, puis alcalin, et il s'en sépare une matière plus ou moins épaisse, tantôt blanche, tantôt grisâtre, suivant la nature des aliments dont elle provient, qui s'attache à la membrane muqueuse intestinale et qui est désignée par quelques physiologistes sous le nom de chyle brut. — Les parties les plus fluides de la masse chymeuse sont en même temps absorbées par les parois du tube digestif, et vers le tiers infé- rieur de l'intestin grêle, il ne s'en trouve pres- que plus; enfin, la pâte formée par le résidu du chyme, par la bile et par les autres humeurs déjà mentionnées, acquiert dans cette portion du tube alimentaire plus de consistancé, prend une couleur plus foncée et passe dans le gros intestin (1).

C'est donc, on le voit, dans l'intestin grêle que doit se terminer le travail de la digestion.

Le *chyle*, produit de ce travail, doit passer dans le sang pour en renouveler les éléments.

Il y est introduit au moyen de vaisseaux dits vaisseaux chylifères, qui mettent en communication l'intestin avec le canal thoracique,

Le chyle, d'un aspect d'abord laiteux, prend une couleur rosée à mesure qu'il s'avance dans les vaisseaux chargés de le mettre en communication avec le sang et le confondre définitivement avec lui.

C'est de la sorte que les matières nutritives se mêlent au fluide nourricier, et renouvellent incessamment la vie de l'homme.

Les parties qui n'ont point été utilisées par l'appareil digestif, passent, nous l'avons dit, sous forme de pâte brune dans le gros intestin — qui les expulse au dehors.

(1) M. Milne-Edwards. Ouv. cité p. 46,

CHAPITRE IV

Voyage d'une goutte de sang.

Comment se comporte le chyle devenu sang, et de quelle manière transmet-il la vie jusqu'aux extrémités du corps humain.

C'est ce que nous allons savoir en accompagnant ce précieux liquide dans son voyage merveilleux.

Le sang est formé de deux parties distinctes, un liquide jaunâtre et transparent et des globules réguliers, d'une belle couleur rouge, nageant dans ce liquide.

Les globules du sang de l'homme sont circulaires et si petits qu'on ne peut les observer qu'au microscope. — Ils présentent un point central entouré d'une bordure de couleur plus foncée.

Ces petits corps qui donnent leur couleur au sang ne flottent pas seuls dans le liquide jaunâtre dont nous venons de parler; on y voit aussi d'autres globules incolores mêlés aux premiers dans une proportion assez faible.

Voici la composition du sang en général:

Eau. . . . . . 79 parties.
Albumine. . . 19
Sel. 1

Plus une quantité presque inappréciable de matière colorante et de fibrine.

Dans l'état ordinaire, le sang est toujours liquide, mais lorsqu'on l'extrait des vaisseaux où il est contenu et qu'on l'expose à l'air libre, il se coagule et les deux parties qui le composent se divisent rapidement.

« Le sang, dit M. Milne Edwards, c'est l'agent spécial de la nutrition. — Mais il ne sert pas à réparer seulement les pertes que subissent les organes et à les nourrir, il est destiné aussi à produire dans ces parties une excitation sans laquelle la vie ne saurait s'y maintenir. — L'expérience suivante peut, mieux que toute autre, donner une idée de l'importance du rôle que ce liquide joue dans l'économie.

« Lorsqu'on saigne abondamment un animal, on le voit s'affaisser de plus en plus, et si l'hémorrhagie est très-abondante, il ne tarde pas à perdre connaissance; sa respiration s'arrête, tout mouvement musculaire cesse, et la vie ne se manifeste plus par aucun signe extérieur; enfin, si la perte de sang est poussée assez loin et qu'on laisse l'animal dans cet état, la réalité succède bientôt à l'apparence et la mort ne tarde pas à arriver. — Mais si au lieu d'abandonner à son sort cette espèce de cadavre, on injecte dans ses veines du sang semblable à celui qu'il a perdu, on le voit avec étonnement revenir à la vie; à mesure qu'on introduit dans les vaisseaux de nouvelles quantités de sang, l'animal se ranime de plus en plus, bientôt il respire librement, se meut avec facilité, reprend ses allures habituelles, et il peut même se rétablir promptement. (1) »

(1) Ouvrage cité, p. 58.

4.

Cette opération, que l'on désigne sous le nom de *transfusion*, est certes une des plus remarquables que l'on ait jamais faites, et elle prouve mieux que tout ce que l'on pourrait dire l'importance de l'action des globules de sang sur les organes vivants.

Dès que le sang est propre à jouer son rôle important dans la nutrition des organes, il est appelé vers le centre de l'appareil de la circulation, c'est-à-dire vers le cœur.

Le cœur est logé entre les deux poumons, dans la cavité de la poitrine; il est à peu près de la grosseur du poing et présente la forme d'un cône renversé dont le sommet est dirigé obliquement à gauche. La base de ce cône, ou pour parler plus clairement la partie la plus renflée du cœur, donne naissance à tous les vaisseaux sanguins en communication avec son intérieur.

C'est surtout cet intérieur qu'il est intéressant d'examiner.

Le cœur est creux et comprend quatre cavités séparées les unes des autres par des cloisons.

L'une de ces cloisons divise le cœur de haut en bas en deux parties à peu près égales; elle est coupée par une cloison transversale et forme, grâce à cette disposition, deux chambres superposées dans chaque partie.

Les deux chambres inférieures sont les plus grandes; on les appelle les *ventricules* : elles communiquent avec les chambres supérieures, nommées *oreillettes*, au moyen d'un orifice existant dans la cloison transversale.

Les vaisseaux dans lesquels le sang circule aboutissent tous au cœur et se distinguent en artères et en veines.

Les veines apportent le sang.

Les artères le transmettent aux organes, qui le rendent à l'instant aux veines.

En arrivant au cœur, le sang pénètre dans *l'oreillette* droite par des conduits nommés *veines caves.*

De là il passe dans le ventricule situé au-dessous et se trouve lancé dans les poumons au moyen de l'artère pulmonaire située à la partie supérieure du ventricule droit.

L'air mis en rapport avec le sang dans les poumons répare les pertes qu'il a éprouvées dans son voyage à travers les organes, et lui rend toute son influence sur le mouvement vital.

Au moyen des veines pulmonaires, situées dans la substance même des poumons, le sang, rendu à toute sa perfection par la respiration, se précipite dans l'oreillette gauche et par conséquent dans le ventricule inférieur.

Dans ce ventricule s'ouvre l'artère aorte, grand canal chargé de porter le fluide vital au delà de l'appareil.

Cet ensemble, qui constitue le cœur, est doué d'un mouvement sans lequel la circulation ne pourrait avoir lieu.

Les deux ventricules ont la propriété de se contracter en même temps; pendant que leurs parois se relâchent, les oreillettes se contractent à leur tour.

C'est par ce double mouvement qu'elles

poussent le sang dans les canaux avec lesquels elles communiquent, mouvement qui se produit à des intervalles très-rapprochés.

Chez l'homme il se répète de soixante à soixante-quinze fois par minute.

Chez le vieillard il devient plus fréquent encore.

Et enfin, chez l'enfant, il se manifeste jusqu'à cent vingt fois.

L'artère aorte, par où s'échappe le fluide qui doit se rendre dans les organes, est un gros tronc qui remonte vers la base du cou; c'est là qu'on peut la sentir battre comme le cœur.

Arrivée à ce point, elle se replie sur elle-même, vient passer derrière le cœur et s'allonge derrière le long de la colonne vertébrale, qui semble faite pour lui servir de cuirasse.

Durant cette route qu'elle parcourt, l'aorte jette à droite et à gauche un grand nombre de rameaux; les plus importants de ces rameaux sont :

Les *artères carotides*, qui suivent chaque côté du cou et distribuent le sang à la tête;

Les *artères des membres supérieurs*, qui desservent la clavicule, le creux de l'aisselle et les bras;

L'*artère cœliaque*, qui se rend à l'estomac;

Les *artères mésentériques*, qui rampent dans les intestins;

Les *artères rénales*, qui pénètrent dans les reins, et les *artères iliaques*, qui terminent l'aorte et font la fourche pour pénétrer dans les jambes et jusqu'à l'extrémité des pieds.

Ces ramifications importantes se divisent encore en une multitude d'autres branches qui occupent tous les organes et les approvisionnent de sang.

A l'extrémité de ces ramifications commence une autre série de canaux destinés à recevoir le sang qui vient d'arroser les organes pour le rapporter au cœur.

Ce sont les veines.

Elles sont plus grosses, plus nombreuses que les artères, mais situées plus superficiellement.

« Il résulte de cette disposition que l'*appareil vasculaire forme un cercle complet dans lequel le sang se meut pour revenir sans cesse à son point de départ*, et c'est en raison de la nature de ce mouvement qu'on l'appelle circulation.

« Le cercle circulatoire peut être comparé à un arbre dont le tronc serait reployé sur lui-même, de manière à faire rencontrer les dernières ramifications des branches avec les dernières divisions des racines : la portion supérieure du tronc et ses branches représenteraient les artères, la portion inférieure du tronc et des racines représenteraient les veines et c'est au point de réunion de ces deux portions du tronc que serait la place du cœur (1). »

Il faut examiner maintenant la conformation spéciale des veines et des artères.

Les artères se composent d'une membrane interne, recouverte d'une gaine épaisse; jau-

(1) Milne-Edwards. Ouv. cité p. 62.

nâtre et très-élastique, formée d'anneaux fi-
breux accolés l'un à l'autre. Cette gaîne est
à son tour protégée par un tissu cellulaire
excessivement serré.

Dans les veines, la membrane interne n'est
entourée que d'une couche mince de fibres
longitudinales lâches et sensibles.

«Il en résulte une différence très-grande dans
les propriétés physiques de ces deux ordres
de vaisseaux. Les veines ont des parois minces
et flasques qui s'affaissent lorsqu'elles ne sont
pas distendues par le sang et qui se cicatrisent
facilement lorsqu'elles ont été divisées. Les
artères, au contraire, ont des parois beaucoup
plus épaisses et conservent leur calibre, lors
même qu'elles sont vides, comme cela arrive toujours après la mort; enfin lorsque ces derniers
vaisseaux sont ouverts, les bords de la plaie
tendent à s'écarter, en raison de l'élasticité
des fibres de leur tunique moyenne, et la cica-
trisation ne s'effectue jamais d'une manière
complète, à moins que l'on ne détermine l'obli-
tération de l'artère dans le point divisé; aussi,
pour arrêter le sang qui s'échappe d'une veine,
suffit-il de maintenir pendant quelque temps
les bords de la plaie en contact, tandis que
lors de l'ouverture d'une artère il faut lier le
vaisseau ou l'oblitérer au moyen de la compression (1). »

Les parois des artères ont une action sur le
cours du sang; elles sont très-élastiques et
constituent une espèce de ressort qui cède à la

(1) Milne-Edwards. Ouv. cité p. 63.

pression exercée par le sang et tend ensuite à revenir sur lui-même et à chasser le liquide qui le comprimait.

Ce phénomène, facile à observer et qu'on appelle le pouls, n'est autre chose que le mouvement occasionné par la pression du sang sur les parois des artères à chaque contraction du cœur.

Mais le pouls ne se laisse pas observer partout. Les artères sont le plus souvent protégées par une trop grande épaisseur de tissus pour que le battement du sang soit appréciable.

Il faut chercher un point plus voisin de l'épiderme et un vaisseau d'un certain volume, comme l'artère du poignet. Il est alors facile de se rendre compte de la fréquence des mouvements du cœur, exactement reproduits par ceux des artères.

Dans les veines, la circulation du sang présente des particularités d'un autre genre : la membrane qui tapisse ces vaisseaux forme un grand nombre de *replis ou valvules* qui laissent le passage libre lorsque le sang les pousse des extrémités vers le cœur et le ferment, au contraire, lorsqu'il tend à revenir du cœur vers les extrémités.

Le sang coule moins vite dans les veines que dans les artères, car il était nécessaire de prévenir l'obstruction qui pourrait paralyser le restant du fluide vital dans le cœur. Le sang des veines est noir; il ne redevient rosé, c'est-à-dire *sang artériel*, que lorsqu'il s'est purifié au contact de l'air dans les poumons.

Dans le mécanisme de la circulation, la dilatation de la poitrine produite par les mouvements respiratoires, attire le sang des veines à la manière d'une pompe aspirante et le verse dans les cavités du côté droit du cœur; les cavités du côté gauche font, en se contractant, l'office de pompe foulante et le chassent dans l'aorte.

Voilà la théorie de la circulation, exprimée aussi intelligiblement qu'il est permis de le faire sans l'emploi de figures explicatives.

CHAPITRE V

La respiration.

En montrant que le sang est obligé de passer par les poumons afin de reconquérir une partie de ses qualités essentielles, nous avons touché à l'un des points importants du problême de la respiration.

Avant de nous engager dans le développement de la question, examinons l'appareil sur le jeu duquel nous allons avoir à exercer notre curiosité.

Les poumons sont deux amas de cellules qu'on ne saurait mieux comparer qu'à des éponges.

L'intérieur de ces cellules reçoit l'air, et

leurs parois sont traversés par des vaisseaux chargés de venir présenter le sang à l'action de l'oxygène contenu dans cet air (voir le chapitre précédent).

Suspendus dans la poitrine, à l'abri des côtes, les poumons communiquent au dehors à l'aide d'un tube, la trachée artère, qui vient s'ouvrir dans l'arrière-bouche, ainsi que nous l'avons vu en parlant de la digestion.

Ce tube se bifurque à sa base et envoie dans chacun des poumons une branche qui se ramifie et pénètre dans le corps spongieux comme les racines d'un arbre.

Ces branches nommées *bronches*, correspondent au moyen de leurs nombreux ramuscules avec les petites cellules pulmonaires dans lesquelles elles versent l'air.

Telle est la conformation de l'appareil respiratoire.

Le phénomène qui s'opère, grâce à cet appareil, est une des conditions les plus indispensables de la vie.

Sans l'air apporté dans les poumons, le sang serait promptement vicié; on peut d'ailleurs se convaincre de l'utilité de l'air en plaçant un animal sous la cloche d'une machine pneumatique, c'est-à-dire dans le vide.

À peine les poumons sont-ils privés de leur aliment habituel que l'action de tous les organes s'interrompt; l'animal tombe en état d'asphyxie et la vie s'éteint au bout de quelques instants d'immobilité.

Il n'entre pas dans nos vues de développer ici l'analyse chimique de l'air; nous dirons simplement que, outre la vapeur d'eau dont l'atmosphère est toujours plus ou moins char- gée, l'air fournit 21/100 d'oxygène, 79/100 d'a- zote ainsi que des traces d'acide carbonique, et nous passons immédiatement à l'examen du mécanisme de la respiration.

L'air s'altère dès qu'il a séjourné un instant dans les poumons ; il est donc important qu'il soit sans cesse renouvelé ; c'est ce qui a lieu à l'aide des mouvements d'inspirations et d'expi- ration que l'homme exécute alternativement.

Ces mouvements sont le résultat du jeu des parois de la cavité de la poitrine dans laquelle sont suspendus les poumons.

Le mécanisme par lequel l'air est appelé dans les poumons est très-simple et ressemble en tous points au jeu d'un soufflet, si ce n'est que dans les poumons le fluide pénètre dans l'organe et s'en échappe par le même conduit. — En effet les parois du thorax sont mobiles, sa cavité peut alternativement s'agrandir et se resserrer, et les poumons en suivent tous les mouvements (1) ; aussi dans le premier cas (appel d'air, inspiration) l'air, suivant son poids naturel, descend par la bouche ou par le nez dans la trachée artère et vient remplir les cel- lules pulmonaires. — Dans le second cas (ex- piration), l'air comprimé par un mouvement des parois de la poitrine, s'échappe par la même voie.

Ces mouvements du thorax n'ont pas tous la même étendue ; ils varient suivant les tempé-

(1) Milne-Edwards. Ouv. cité p. 94.

raments et les âges ; c'est ce qui fait dire que la respiration est plus ou moins fréquente.

Le rire, le bâillement, le soupir et le sanglot sont le résultat des mêmes mouvements modifiés.

Le rire réside dans une succession de petites expirations saccadées, et son mécanisme diffère peu de celui du sanglot, quoique les causes morales déterminantes soient presque diamétralement opposées.

Le soupir consiste à attirer peu à peu une grande quantité d'air dans les poumons, et le *bâillement* est une inspiration encore plus profonde, accompagnée d'une contraction presque involontaire des muscles de la mâchoire.

Après cet aperçu que nous venons de présenter, touchant les trois grandes fonctions du corps, la digestion, la circulation et la respiration, on ne lira pas sans intérêts quelques explications relatives à des organes qui ne participant pas directement, comme l'estomac, le cœur et les poumons, à l'élaboration de la vie, ont du moins un mérite incontestable : celui d'être les gardiens vigilants de l'existence humaine et les appréciateurs les plus délicats des ouissances qu'elle peut offrir.

Nous avons nommé l'œil, l'oreille et le nez,

La vue,

L'ouïe

Et l'odorat.

CHAPITRE VI

Comment on voit. — Mécanisme de l'œil.

L'œil de l'homme, dont on n'aperçoit que la partie externe, enchâssée dans les paupières, et protégé par l'arcade sourcillière, est en réalité un globe creux, un peu renflé en avant, et rempli d'humeur de diverses natures.

Ce globe est enveloppé de deux membranes: la *sclérotique*, substance blanchâtre et opaque, qu'on nomme communément le blanc de l'œil, et la cornée, espèce de lame transparente semblable à de la corne, laquelle apparaît sur le devant de l'œil par une ouverture circulaire de la sclérotique.

« Sa surface externe est plus bombée que celle de cette dernière membrane, et elle ressemble à un verre de montre qui serait appliqué sur une sphère creuse et qui ferait saillie à sa surface. » (1)

Derrière la cornée transparente, dans l'intérieur de l'œil, se présente une cloison qui diffère de couleur suivant les individus, et dont le centre est percé d'un trou. Ce trou, ce point noir que tout le monde connaît, s'appelle la *pupille*.

La cloison dans laquelle il est pratiqué se

(1) Milne-Edward. Ouv. cité p. 157.

nomme l'*iris*, à cause de sa coloration empruntée à l'un des tons de l'arc-en-ciel.

Cette coloration, nous l'avons dit, varie suivant les individus.

Communément on divise les yeux, suivant leur couleur dominante, en deux catégories : les yeux bleus et les yeux noirs.

A vrai dire les yeux franchement bleus, comme les yeux franchement noirs, constituent une exception fort rare.

Il y a des yeux gris, gris-bleu, gris-verdâtre, glauques ; des yeux bruns, châtains, gris-jaunes, jaunes ; ce sont toutes ces nuances qu'on ramène à une même dénomination.

Parmi les bizarreries de la nature, il faut citer les yeux couleur de violette.

Nous n'avons connu l'existence que d'un seul type de ce genre, et nous pensons qu'il serait fort difficile, sinon impossible, de rassembler un certain nombre de sujets offrant la même particularité.

Certains animaux, les lapins par exemple, ont l'iris coloré en rouge, singularité qui, a notre connaissance, n'a pas encore été constatée chez l'homme.

L'espace compris entre la cornée transparente de l'iris forme une petite chambre, qui, au moyen du trou de l'iris, ou pupille, communique avec une cavité postérieure.

Cette chambrette et cette cavité sont remplies l'une et l'autre d'un liquide transparent.

Dans la cavité postérieure, à la suite de la pupille, se trouve logé le cristallin.

Il est semblable à un de ces verres appelés

5.

lentilles, dont on se sert pour la fabrication des lunettes d'approche.

Derrière lui, on trouve une masse gélatineuse et diaphane, qui ressemble à du blanc d'œuf : c'est l'*humeur vitrée*.

Partout, excepté en avant où se trouve le cristallin et l'iris, l'humeur vitrée est entourée par la *rétine*, membrane d'aspect blanchâtre, qu'une seconde membrane, la *choroïde*, sépare de la sclérotique.

La choroïde est formée principalement d'un tissu de vaisseaux sanguins et est imprégnée d'une matière noire qui donne au fond de l'œil sa couleur foncée.

Chez quelques individus la choroïde est dépourvue de cette matière noire ; on les connaît sous le nom d'hommes aux *yeux blancs* ou d'albinos.

A la partie postérieure de la sclérotique, qui forme le globe de l'œil, s'attache le *nerf optique*, agent principal du mécanisme de la vision.

Ce mécanisme, nous allons voir maintenant comment il fonctionne.

La lumière est le principe d'action de la vision.

Les corps lumineux par eux-mêmes agissent directement sur notre œil ; les autres corps ne deviennent visibles que lorsque la lumière qui les frappe est réfléchie par leur surface et renvoyée ainsi jusqu'à nous.

Dans ce cas les rayons lumineux partis de ces corps traversent la pupille et atteignent la rétine, où ils fixent l'image de ces corps comme sur l'écran en verre dépoli qu'on voit au fond des *chambres noires* employées par les photographes.

La cavité de l'œil entre le cristallin et la rétine n'est, du reste, pas autre chose qu'une chambre noire.

Une grande partie de la lumière en parvenant au fond de cette chambre rencontre l'iris et se trouve en partie absorbée, en partie renvoyée par ce corps diaphane. Celle qui atteint directement le trou de l'iris, la pupille, arrive seule au fond de l'œil, et la quantité en est d'autant plus considérable que le diamètre de la pupille est plus grand.

Aussi voit-on la pupille se dilater lorsque la lumière qui lui arrive est très-faible ; tandis qu'elle se resserre sous l'influence d'un rayonnement intense.

L'iris doué de cette facilité de dilatation et de restriction est par conséquent le régulateur de la lumière et le conservateur de l'organe de la vue.

Le phénomène dont nous venons de parler est facile à contrôler.

Il suffit pour en vérifier les effets de conduire une personne de la lumière à l'ombre ou de l'ombre à la lumière.

On verra dans les deux cas la pupille modifier ses dimensions suivant le degré d'intensité de la lumière.

Dans leur voyage de la surface au fond de l'œil, les rayons lumineux changent plusieurs fois de direction, suivant les milieux qu'ils traversent, pour se réunir enfin et frapper ensemble un point unique : la rétine.

Sans entrer ici dans l'étude des phénomènes de la réfraction, étude un peu abstraite pour figurer dans le cadre de cet ouvrage, nous dirons que c'est le cristallin qui rassemble tous les rayons envoyés à l'œil par les corps et qui les projette sur la rétine, de façon à y peindre en miniature l'objet d'où ils émanent.

On peut s'assurer par l'expérience que les objets se peignent ainsi au fond de l'œil, en plaçant devant un œil de pigeon, par exemple, une bougie allumée. On verra distinctement l'image de la bougie se peindre sur la rétine comme sur un miroir noir.

Car, il ne faut pas négliger de le dire, c'est surtout la matière noire située derrière la rétine et tapissant la choroïde, qui assure la netteté de la vision en absorbant subitement la lumière.

Sans cette précaution de la nature, la lumière se répandrait à travers la rétine, et on n'aurait plus alors qu'une perception imparfaite des objets.

Si l'on compare la rétine à une glace et la matière noire de la choroïde au tain qui la recouvre par derrière, on se rendra facilement compte de l'effet dont nous venons de parler.

Quand on se regarde dans une glace pourvue de son tain, l'image apparaît nettement dessinée et avec tous ses détails.

Mais qu'on essaye de se mirer dans une glace sans tain, dans une vitre, par exemple, les traits n'apparaissent plus que confusément, et il est à peu près impossible de saisir la configuration exacte de l'image.

C'est qu'alors la lumière traverse le verre et se perd dans un milieu demi-transparent; quand il s'agit d'un miroir, au contraire, elle est immédiatement arrêtée par une surface opaque qui rend aux rayons toute leur puissance.

L'œil est un instrument d'optique d'autant plus parfait que sa portée est pour ainsi dire facultative.

Il perçoit les objets placés à une faible distance aussi bien que les images relativement éloignées, avantage dont ne jouissent pas les appareils construits par la main humaine, dont on ne peut faire l'application qu'en en déplaçant d'une manière sensible les divers éléments.

Toutefois l'œil ne possède pas toujours au même degré cette faculté précieuse de voir de près ou de loin.

Certains hommes ne voient bien que de loin, parce que chez eux, en traversant les humeurs de l'œil, les rayons partis d'un objet voisin s'écartent sensiblement au lieu de converger pour frapper la rétine. Ce sont les *presbytes*.

Aussi les presbytes ont-ils ordinairement la pupille contractée, afin de ne laisser entrer dans leur œil que les rayons qui tombent sur le centre des cristallins et qui doivent se rassembler sur la rétine.

Les *myopes* offrent une disposition contraire. Ils ne voient bien que de près. L'infirmité de la myopie dépend ordinairement d'une trop grande convexité de la cornée ou du cristallin qui force les rayons à se croiser avant d'arriver à la rétine et enlève à l'image une partie de sa netteté.

Le nerf optique qui fait suite à la rétine ou, pour mieux dire, en forme la base, car la rétine n'est que l'épanouissement de ce nerf, le nerf optique, disons-nous, transmet au cerveau les impressions reçues par l'œil.

Cela est si vrai, qu'en tranchant le nerf optique, on supprime subitement tous les phénomènes de la vision et que l'individu opéré devient aveugle, quoique les parties dont l'œil se compose, scléroïde, cornée, iris, pupille, cristallin et rétine, aient été complétement respectées.

L'œil se meut dans son orbite au moyen de six muscles entourant le globe et tenant à la sclérotique et aux os situés au fond de la cavité où réside l'organe.

Le globe lui-même, repose presque sans adhérence, sur une sorte de coussinet graisseux, ce qui lui permet de céder facilement au jeu des muscles et de se mouvoir dans des limites suffisantes à l'exercice de ses fonctions.

Un organe aussi délicat que celui de la vue devait être convenablement protégé contre les accidents naturels.

Outre les orbites, cloisons osseuses qui isolent le globe de l'œil, ce dernier s'abrite encore derrière les paupières qui le défendent contre la poussière ou la lumière trop vive, et le voilent pendant le sommeil.

L'arcade sourcilière s'avance au-dessus de

l'organe et le prémunit contre toute violence; enfin les poils dont elle est pourvue empêchent la sueur du front de l'irriter.

Il nous reste à parler des larmes. Cette humeur, qui se compose d'eau mêlée de quelques millièmes de matière et de sels animaux, se forme dans une glande située sous la voûte de l'orbite, au-dessus du globe.

Cette glande verse les larmes par cinq ou six canaux qui viennent s'ouvrir dans le haut de la paupière supérieure.

Elles servent à entretenir les paupières dans un état d'humidité constante et donnent à l'œil son éclat et son poli.

En l'état ordinaire, la glande lacrymale ne répand son humeur que d'une manière très-lente; ce n'est que sous l'influence presque violente d'une cause morale ou physique que les larmes tombent en abondance et débordent les paupières pour couler le long du nez et sur les joues.

Les larmes qui ne s'évaporent pas ou ne sont pas utilisées dans le jeu des paupières se rendent dans les fosses nasales au moyen de canaux dont l'ouverture se voit près de ce point rose, situé au coin de chaque œil, et qu'on appelle la *caroncule lacrymale*.

La vue est, à notre avis, le sens le plus précieux dont jouisse l'homme.

Elle lui permet la contemplation incessante des merveilles de la nature; elle lui donne des joies de tous les instants.

Quels que soient les charmes de la musique, les jouissances du goût et de l'odorat, il faut reconnaître que la privation la plus difficile à supporter est celle qui arrache à l'homme la perception des images qui l'entourent et le condamnent à marcher dans une nuit continuelle.

Les sourds trouvent quelques compensations à leur malheur : s'ils ne peuvent entendre ni les discours éloquents, ni les mélodies enchanteresses, ni les paroles amies, ils échappent du moins aux propos ennuyeux des sots et aux murmures de la foule ; ils peuvent retrouver dans les livres les grandes pensées que leur oreille n'a pu surprendre au vol ; ils voient des visages amis leur sourire ; ils s'émerveillent au spectacle des splendeurs de la terre, et en eux-mêmes chante une voix qu'ils entendent bien : celle de leur âme, voix d'autant plus puissante et plus nette qu'aucun bruit extérieur ne vient l'étouffer.

Les aveugles entendent, goûtent, sentent, mais ils ne savent pas d'où ou de qui viennent les sons ou les sensations. Le voile funèbre jeté sur leurs yeux fait l'ombre jusqu'au fond de leur âme, et la tristesse se mêle à tous leurs plaisirs. Une bouffée d'air qui leur apporte les senteurs printanières leur apporte en même temps une souffrance.

Ils sentent la nature en fête autour d'eux ; ils écoutent le chant des oiseaux, et leurs paupières ne peuvent pas s'ouvrir devant ce tableau magnifique dont Dieu est l'auteur.

Ceux qui ont perdu la vue à la suite d'un accident méritent toutes les pitiés, car ils sont privés d'un bien dont ils ont pu déjà apprécier la valeur précieuse.

Les autres, les aveugles-nés, ont un sort plus doux.

Ils remplacent le sens absent par la perfectibilité des autres sens, et comprennent moins la privation dont ils sont affligés.

Leurs notions sur la lumière, sur les couleurs et sur les formes sont curieuses à étudier et dépendent de jugements ou d'intuitions souvent fort originaux.

Ils rapportent volontiers l'idée de voir à l'idée d'entendre, de sentir ou de toucher.

C'est ainsi qu'un aveugle à qui l'on demandait comment il se figurait la couleur du soleil, répondit :

Je pense que le soleil qui nous réchauffe de ses rayons doit avoir *la couleur du son d'une trompette.*

CHAPITRE VII

L'oreille.

Tout le monde sait ce qu'on entend par le pavillon d'une trompette.

C'est l'ouverture évasée par où le son s'échappe après avoir parcouru les divers tubes de l'instrument.

Le pavillon de l'oreille, ce cartilage couvert

de peau qui figure de chaque côté de la tête humaine, joue un tout autre rôle.

Le pavillon de la trompette répand et disperse les sons en dehors.

Celui de l'oreille les reçoit et les rassemble pour les communiquer au corps de l'instrument.

La structure externe de l'oreille, ou plutôt du *pavillon*, partie relativement restreinte de l'organe de l'ouïe, est assez connue pour n'avoir pas besoin d'être décrite.

Ce n'est que l'orifice plus ou moins développé d'un appareil aussi curieux à examiner que celui de la vision. Quoiqu'il occupe un très-petit espace dans l'épaisseur d'une saillie osseuse du crâne, il se divise en trois parts bien distinctes.

Le pavillon ou oreille apparente que nous venons de désigner,

L'oreille moyenne,

L'oreille interne.

Dans la première partie de l'organe, le pavillon ou entonnoir est l'entrée du conduit auriculaire, couloir pratiqué dans l'os temporal, recourbé en avant et terminé en cul-de-sac.

Ce conduit touche à l'oreille moyenne, composée d'un tympan et d'une caisse.

La caisse est une chambrette irrégulière creusée dans l'os et séparée du conduit auriculaire par une cloison très-élastique et très-tendue.

On nomme cette cloison le tympan. En face du tympan, au fond de la caisse, se trouvent deux trous sur chacun desquels est également tendue une membrane élastique, et qui sont appelés *fenêtre ronde* et *fenêtre ovale*.

Enfin, dans la paroi postérieure de la caisse, on constate une ouverture aboutissant à des cellules creusées dans l'os temporal, et dans sa paroi postérieure une seconde ouverture, qui n'est autre chose que l'embouchure de la *trompe d'Eustache*, canal étroit aboutissant aux fosses nasales et destiné à amener de l'air dans la *caisse*.

Une série d'osselets traverse la caisse depuis le tympan jusqu'à la fenêtre ovale. Ces petits os ont reçu les noms significatifs *de marteau*, *l'enclume*, *d'os lenticulaire* et *d'étrier*.

Le marteau touche au tympan et l'étrier à la membrane de la fenêtre ovale.

De petits muscles donnent le mouvement à tous ces osselets et les forcent à presser plus ou moins fortement les membranes.

L'oreille interne se compose de plusieurs cavités communiquant les unes avec les autres.

L'une d'elles, le *vestibule*, communique avec la caisse par la fenêtre ovale.

Les trois suivantes (*canaux semi-circulaires*) ont la forme de tubes arrondis par le haut et tiennent au vestibule.

La dernière appelée le *limaçon*, est contournée en spirale comme une coquille et se trouve divisée, dans le sens de sa longueur, par une cloison moitié osseuse, moitié membraneuse.

Le limaçon communique avec le vestibule et n'est séparé de la caisse que par la membrane de la fenêtre ronde.

Tandis que la caisse est remplie d'air, l'oreille, au contraire, est pleine d'un liquide aqueux baignant une membrane flottante dont sont tapissées les parois du vestibule.

Un nerf partant du cerveau vient se terminer dans les parties membraneuses du vestibule, en passant par le limaçon et les canaux semi-circulaires.

C'est le nerf acoustique, et de ce nerf dépend la sensibilité de l'organe.

La complication de l'appareil auditif sollicite toute l'attention de nos lecteurs. Ils auront besoin de construire mentalement, d'après les données précédentes, une figure démonstrative pour saisir avec plus de facilité les explications qui vont suivre.

Les sons émis par un organe quelconque produisent dans l'air des vibrations fort appréciables, des ondulations qui se propagent de proche en proche, à peu près comme on voit se propager sur la surface d'un ruisseau les cercles déterminés par la chute d'une pierre.

Pour qu'on puisse entendre, il faut que ces mouvements vibratoires parviennent jusqu'au fond de l'oreille interne, et se communiquent au liquide aqueux dans lequel sont plongés les membranes, et par conséquent le nerf acoustique.

Afin de se rendre compte du phénomène de l'ouïe, il faut suivre les ondulations de l'air déplacé par un son quelconque à travers les diverses sections de l'oreille.

Tout bruit vient frapper d'abord le pavillon de l'oreille, et y excite des vibrations qui se propagent dans le conduit auriculaire et vien-

vent impressionner le tympan, lequel participant au mouvement de l'air, se met à vibrer à
son tour.

L'action du tympan a pour but de trans-
mettre les vibrations aux osselets et aux parois
de la caisse, de telle sorte que, grâce à l'air
dont cette dernière est remplie, les membranes
tendues sur les ouvertures de l'oreille interne
se trouvent influencées comme l'a été le tympan.

Par le moyen de ces membranes, le liquide
aqueux où baigne le nerf acoustique parti-
cipe au mouvement vibratoire, le nerf est im-
pressionné et la sensation se produit immédiatement.

Toutes les parties qui composent l'oreille
servent à perfectionner l'audition, mais il est
prouvé qu'on peut perdre une ou plusieurs de
ces parties sans que la délicatesse de l'ouïe se
trouve trop sensiblement altérée.

Le tympan, le marteau, l'enclume et l'os lenticulaire, peuvent être supprimés sans incon-
vénients graves, mais la perte de l'étrier cau-
sant l'écoulement du liquide aqueux, entraîne
fatalement la surdité après elle.

La science humaine a encore bien des pro-
blèmes à résoudre; aussi ne connaît-elle pas
toujours exactement la destination des organes sur lesquels elle s'exerce. Pour prendre
un exemple dans le sujet même qui nous occupe, nous dirons que l'usage des canaux semi-
circulaires de l'oreille interne n'a pas été jusqu'à présent bien défini.

La nature humaine est un terrain vaste, et,

6.

si attentivement qu'on l'ait sondé et étudié, il y restera toujours quelque point mystérieux digne des plus laborieuses investigations de l'avenir.

CHAPITRE VIII

Les parfums. — Le sens de l'odorat.

Le parfum des fleurs, résultat d'une cause longtemps inexpliquée, est produit par des particules microscopiques qui s'échappent des calices odorants et se répandent dans l'air.

Ce principe est le même pour tous les corps, liquides, solides ou gazeux.

L'air sert de véhicule aux odeurs et les fait arriver jusqu'à nous. Nous ne le percevons réellement que lorsque les particules qui les produisent sont en contact immédiat avec notre organe olfactif.

Le sens de l'odorat réside dans les fosses nasales, qui ont pour aboutissants les deux narines et s'ouvrent dans l'arrière-bouche.

Elles sont séparées par une cloison verticale qui divise le nez en deux parties exactement semblables.

Une membrane muqueuse les tapisse, et elles sont pourvues de lames saillantes nommées cornets.

Cette membrane, couverte de petites saillies, est continuellement imbibée d'un liquide appelé *mucus nasal*; elle reçoit en outre un grand nombre de filets nerveux dérivant presque tous du nerf olfactif.

Pour que le mécanisme de l'odorat fonctionne, il faut que le liquide nasal reçoive les parcelles odorantes suspendues dans l'air et les mette en contact avec la membrane.

L'odeur frappe alors le nerf olfactif, qui la porte immédiatement au cerveau, principe souverain de toutes nos sensations.

CHAPITRE IX

Éléments d'hygiène physique et morale.

Les renseignements que nous venons de donner sur la structure et le jeu des organes de l'homme suffiront, malgré leur brièveté, à démontrer la merveilleuse perfection et la délicatesse exquise qui ont présidé à notre formation.

L'économie humaine est admirablement ordonnée; mais, si parfaits qu'en soient les éléments, si bien ajustés que soient les rouages de cette machine douée de volonté et de raisonnement, il faut peu de chose pour porter le trouble dans ses fonctions et compromettre son existence.

Quelques notions d'hygiène physique et morale nous semblent devoir être la suite naturelle des descriptions qu'on vient de lire.

Après avoir appris à connaître le corps, il faut apprendre à le maintenir dans cette perfection première que Dieu lui a dónnée.

L'homme, destiné à l'amour et au mariage, doit arriver à la phase importante de sa vie dans l'épanouissement de toutes ses facultés.

La santé du corps, la maturité de l'esprit, tels sont les gages de son bonheur dans le mariage.

Dans une étude qui a pour but premier l'amour, l'hygiène de la beauté doit, ce nous semble, tenir la première place.

C'est la beauté physique qui attire les sexes l'un vers l'autre. Elle est pour ainsi dire l'enseigne de l'âme, enseigne menteuse quelquefois sans doute, comme nous pourrions le prouver si, au lieu de traiter la question actuelle au point de vue des généralités, nous la traitions au point de vue des exceptions.

Tous les êtres humains ne naissent pas avec un visage attrayant, mais si tous n'ont pas reçu en partage, hommes, la régularité des lignes et la majesté sereine du Jupiter olympien, femmes, la grâce divine et le charme enivrant des traits de la Vénus de Milo, tous peuvent, en s'appliquant à faire traduire à leur physionomie les sentiments d'un cœur juste et bon, se créer une beauté relative plus enviable et plus durable que la beauté naturelle.

Une vie calme et réglée, une âme honnête, un sens droit, tels sont les éléments qui concourent à l'embellissement du masque humain.

Ce qui gâte le visage, ce qui le rend parfois repoussant, ce sont les traces que les passions y laissent fatalement.

L'habitude du mensonge et de la duplicité éteint l'éclat du regard, bride les lèvres et écrase la tête.

L'ambition creuse des rides sur le front; la colère force les muscles, les grossit et donne aux traits une apparence bestiale; la convoitise déforme les lèvres et les affaisse; l'ivrognerie abat les paupières; les appétits honteux irritent les nerfs, atténuent la force des membres et en affaiblissant le cerveau, éteignent la lueur d'intelligence qui devrait animer le regard.

Voilà pour le moral.

Au physique, si l'on veut conserver au corps les apparences de la jeunesse, si on veut garder à l'épiderme sa fraîcheur, aux tissus leur élasticité, il faut éviter les excès de tout genre.

Les femmes qui passent la nuit entière au bal, les gens d'étude qui s'imposent de longues veilles, les gloutons qui surchargent de nouriture leur estomac, les avares qui lui refusent le nécessaire, portent un préjudice grave à ces avantages naturels que presque tous s'avouent jaloux de conserver.

Si de l'hygiène de la beauté, nous passons à l'hygiène proprement dite, nous aurons beaucoup à dire.

Procédons par catégories, afin de ne pas nous embrouiller.

L'HABITATION. — Il faut choisir une habitation spacieuse et bien aérée, ou du moins s'appliquer à la rendre telle.

Les lieux humides sont la source de nombreuses maladies, et c'est surtout dans les parties basses des maisons que l'humidité se manifeste.

Si l'on ne peut faire mieux, c'est-à-dire si l'on ne peut changer d'habitation, il est indispensable de combattre par tous les moyens possibles les dangereux effets de l'humidité, soit en revêtant les murs d'un enduit conservateur, soit en faisant fréquemment du feu, soit en donnant une libre entrée à l'air du dehors.

L'air est un des plus puissants auxiliaires de la vie, nous devrions dire son élément le plus indispensable.

Il doit donc en toute saison, et chaque jour, être soigneusement renouvelé.

Avant la toilette du corps, il faut songer à la toilette du logis.

La propreté, a dit un économiste, c'est la richesse du pauvre.

Une telle richesse est facile à acquérir, et on ne saurait trop en recommander la recherche.

Le choléra, cette dangereuse affection qui décime des contrées entières, n'a souvent pas d'autre cause, surtout dans les campagnes, que le défaut de propreté.

On laisse dans les cours des fermes des amas d'immondices, des flaques d'eau croupie et puante, foyers d'infection ou le fléau puise de nouveaux aliments.

Il y aurait un long chapitre à écrire sur ce

sujet tant de fois soulevé par les gens spéciaux.
— Nous devons nous borner à une simple in-
dication, dont le lecteur saura tirer des déduc-
tions suffisantes.

LES VÊTEMENTS. — Se vêtir légèrement en toute
saison, tel est le principe que nous émettons.

Les gens habitués dès l'enfance à des vêtements légers, se sentent plus aguerris contre le
froid, et le jeu de leurs organes est plus régulier et plus libre.

Les vêtements qui compriment la taille sont
préjudiciables à la santé.

Le corps doit être couvert, il ne doit pas être
gêné.

L'habitude de se serrer la poitrine et les
flancs a causé de graves accidents, surtout chez
les femmes, accoutumées à la mode du corset.

Les journaux ont enregistré bien des fois les
conséquences meurtrières de cette habitude.

Les baleines et le busc en métal du corset
employés encore trop fréquemment déforment la
taille, pressent le foie, les poumons, le cœur et
l'estomac; tous ces précieux organes s'affaiblis-
sent, les digestions se font mal, la respiration
devient pénible, le cœur ne fonctionne plus
d'une façon normale et des affections souvent
mortelles ne tardent pas à résulter de l'emploi
de ce vêtement que trop de femmes s'obstinent
encore à conserver.

En été, les habits de laine, surtout les habits de laine blanche sont préférables aux vêtements de fil et de coton.

Ils boivent la transpiration à mesure qu'elle

se produit, évitent au corps les rafraîchisse-
ment subit.

La tête doit être presque toujours décou-
verte.

Garder continuellement son chapeau, c'est
se préparer une calvitie précoce et quelquefois
des migraines fort douloureuses.

Le cerveau a besoin d'être rafraîchi fréquemment ; si la mode et les usages du monde
ne prescrivaient pas l'usage d'un couvre-chef
quelconque, rien ne serait plus hygiénique,
pensons-nous, que de s'en aller tête nue par
les rues, sauf le cas de pluie ou de soleil.

On pourra objecter que ces cas se présentent
assez souvent et que ces promenades sans façon finiraient par avoir leur inconvénient.

L'observation est assez plausible.

Conservons donc notre chapeau, mais te-
nons-le souvent à la main pour permettre à
l'air de caresser notre crâne facilement échauffé
par le sang.

Ce sera le moyen d'accommoder ces deux maîtresse, souvent hostiles l'une à l'autre, qu'on
appelle l'habitude et la santé.

L'EXERCICE. — Les exercices corporels sont
indispensables à la conservation de la santé.

Dans son *Hygiène du mariage* (1), M. Debay
donne à ce propos quelques conseils que nous
allons reproduire. Nous y ajouterons les observations du même auteur touchant les aliments
et les boissons.

(1) Paris. Dentu, éditeur. 38ᵉ édition.

« Pour les gens fortunés, dit M. Debay, la promenade à pied, à cheval ; la danse, l'escrime, la chasse, les voyages, sont autant de moyens propres à développer, à soutenir l'énergie vitale.

«Pour le prolétaire, l'exercice est dans son travail journalier ; heureux s'il n'est pas obligé de le pousser jusqu'à la fatigue excessive.

«Après l'exercice, le repos est nécessaire pour donner au corps le temps de réparer ses forces et le repos doit être prolongé en raison du plus ou moins de fatigue occasionnée par l'exercice.

«En général, on doit suspendre le travail aussitôt que la fatigue rend les mouvements moins faciles. C'est une règle d'hygiène que tout le monde devrait pratiquer ; car, si le repos a été insuffisant pour amener une réparation complète, et que chaque jour on ajoute aux fatigues de la veille, l'équilibre dans les forces se détruit, la maladie arrive et nous accable. »

LES ALIMENTS ET LES BOISSONS. — «Ils doivent toujours, continue notre auteur, être de bonne qualité et pris en quantité modérée, de manière que la digestion en soit prompte et facile. — Rien de plus pernicieux à la santé que l'intempérance ; les excès dans le boire et le manger fatiguent l'estomac, occasionnent des indigestions dont les suites retentissent sur le système général.

«Les plus célèbres médecins anciens et modernes tracent à peu près ainsi l'hygiène relative aux aliments et aux boissons.

«Choisir des aliments de bonne qualité et de digestion facile.

«Régler autant que possible l'heure des repas, et ne point se forcer à manger, si l'on n'en sent pas le besoin.

«Manger avec lenteur et bien opérer la mastication, afin que le bol alimentaire, parfaitement broyé et imprégné de salive, donne moins de travail à l'estomac.

«Laisser entre chaque repas un intervalle de cinq à six heures, car l'estomac a besoin de repos, de même que les autres organes à fonctions intermittentes.

«Entremêler autant qu'on le peut, les viandes aux végétaux; l'homme étant omnivore, une nourriture exclusivement animale ou exclusivement végétale ne lui est pas aussi favorable que ces deux genres de nourriture sagement combinés.

«Ne jamais trop manger : au contraire quitter la table avec une légère appétence.

«Rejeter les aliments faisandés, de haut goût, fortement épicés, qui déterminent un appétit factice.—L'ingestion de ces sortes d'aliments irrite l'estomac et finit par le rendre paresseux.

«Éviter les repas plantureux; une trop grande variété de mets est nuisible.

«User modérément de vin, de toute boisson fermentée.

«Proscrire toute espèce de liqueur, ou du moins n'en prendre qu'une minime dose après le repas et jamais quand l'estomac est vide. — Il est démontré que l'usage, et surtout l'abus des boissons alcooliques, porte une plus funeste atteinte à la santé que toute autre cause morbide ordinaire. L'action de ces boissons ne se borne pas seulement à irriter, à racornir les membranes muqueuses de l'estomac, à détruire sa force digestive, à préparer de douloureuses gastrites pour l'avenir, mais elle vient encore porter leur funeste influence sur le cerveau; alors l'intelligence s'engourdit peu à peu, le cerveau devient stupide et tombe dans cet état d'abrutissement dont les exemples ne sont malheureusement que trop nombreux dans la classe populaire.

« Prendre un léger exercice avant et après le repas : avant pour aiguiser l'appétit ; après pour favoriser la fonction digestive.

« Ne jamais se livrer à aucun travail d'esprit ni aux plaisirs de l'amour après avoir mangé copieusement.

« Enfin, les personnes qui ont l'habitude de souper doivent faire ce repas très-léger, et deux heures au moins avant le coucher. »

En ajoutant que le sommeil doit être de courte durée, le travail modéré, l'intelligence exercée dans de sages limites, nous aurons passé en revue à peu près tous les préceptes de l'hygiène usuelle.

C'est en manquant à la plupart de ces préceptes que les hommes se préparent des regrets pour l'avenir.

En ce qui touche l'amour dans ses rapports

avec le mariage, la négligence des lois de l'hygiène prend une importance des plus graves.

Le défaut de soins, l'abus des plaisirs, la dépravation, les maladies contagieuses, conséquences d'un passé douteux, sont autant de causes qui influent sur le bonheur du mariage et en compromettent le but, c'est-à-dire la reproduction de l'espèce dans les meilleures conditions possibles.

A ces influences sont dues les monstruosités ou les difformités humaines, que nous passerons plus loin en revue.

L'homme est destiné à perpétuer une race saine, intelligente et vigoureuse.

La misère, la débauche ou la maladie lui imposent parfois de dures exceptions.

Il attend un enfant, joie de son foyer, espoir de ses vieux jours, c'est un monstre que ces fées malfaisantes lui jettent entre les bras.

Et souvent il accepte son malheur sans murmure, sachant bien qu'il l'a préparé lui-même.

CHAPITRE X

Suite de l'hygiène.

Nous ne craignons nullement d'être accusé de longueur en insistant sur cette partie si importante de l'économie.

La pratique de l'hygiène est des plus simples.

User avec modération des choses utiles à la santé, se soustraire à l'influence de celles qui lui sont nuisibles, tel est son but, et c'est sur le développement de cette proposition que nous voulons appuyer.

Aux notions sur l'hygiène des adultes qui ont accompagné nos recherches touchant la constitution et les fonctions de l'homme, il faut en ajouter d'autres dont la haute importance n'échappera à personne, puisqu'elles concernent l'enfance.

Quand l'enfant a atteint l'âge d'homme, il se fait en lui une lente révolution.

Les appétits physiques et moraux prennent une nouvelle direction ; sa santé se fortifie ou s'altère suivant le régime qui lui a été appliqué pendant la première phase de l'existence.

« C'est l'enfant qui fait l'homme. » On peut hardiment formuler cet aphorisme ; les maladies qui atteignent l'âge mûr, les défauts phy-

siques qui l'affligent, ont un principe qui date
habituellement de l'enfance.

Il est donc permis de dire qu'un enfant bien
soigné, préservé de toutes les influences mor-
bides, comme de toutes les mauvaises impressions morales, fera un homme honnête, robuste
et sain.

L'hygiène applicable aux adultes est moins
détaillée et moins méticuleuse que celle qui
ont les enfants pour objet. Ici on est en présence d'un corps déjà rompu aux difficultés de
la vie, et quand ce corps est en bonne santé,
rien n'est plus facile que de l'y maintenir.

La méthode à suivre pour ce résultat peut se
formuler en quelques mots.

Modération, sagesse, tempérance, prudence;
voilà pour la matière.

Mais il est d'autres causes que les causes
matérielles dans la victoire que la maladie
remporte souvent sur la santé.

Ici nous retombons forcément dans le domaine moral. Vouloir écarter du débat la
question qui se présente à nous, ce serait
laisser dans l'ombre un de nos sujets les plus
intéressants.

Il faut donc parler des passions et de leur
rôle dans l'économie physique.

Nous venons de montrer comment les
passions agissent sur la physionomie, et
d'établir que la beauté et la laideur sont
la conséquence presque infaillible de nos
qualités ou de nos défauts; nous verrons
ici les passions jouer un rôle plus immédiat
encore.

L'Eglise a fait de nos passions le mobile des sept péchés capitaux ; — sept causes qui perdent aussi le corps.

L'orgueil, l'envie, l'avarice, la luxure, la colère, la paresse et la gourmandise, voilà nos ennemis, voilà les démolisseurs invisibles qui sapent l'édifice de notre santé.

L'orgueil et l'envie poussent l'homme aux idées sombres ; ils aigrissent ses humeurs, ils altèrent sa sérénité : de là les hypochondries, les névropathies et tout le cortége des fièvres dévorantes ; l'avarice le ronge comme une lèpre ; la paresse l'alourdit, épaissit son sang et le prédispose à l'apoplexie ; la colère peut le foudroyer en un instant ; la gourmandise aide la paresse dans son œuvre de destruction ; avec la luxure lui viennent les maux honteux, l'abrutissement et la folie.

Au milieu de cette triste foule, prenons un ou deux exemples.

CHAPITRE XI

Abus des boissons alcooliques.

Les statistiques ont montré quel mal fait à l'humanité l'abus des boissons alcooliques. Tous les ans, ces statistiques relèvent des faits déplorables, surtout en Angleterre, où la mi-

sère, plus grande encore qu'en France, engendre plus facilement le vice.

Nos villes et nos campagnes, il faut le dire, ont
aussi leur chapitre dans ces tristes annales.

Parmi les ouvriers et les cultivateurs, le
nombre est considérable de ceux qui ne sau-
raient s'astreindre à ces habitudes de sobriété
qui font la santé et la dignité de l'homme, et
qui sacrifient régulièrement à ce que les chan-
sons appellent le jus de la treille.

L'habitude de plus en plus enracinée du chômage du lundi ne contribue pas peu à la dégénérescence de la santé publique.

Ce jour-là est consacré aux copieuses liba-
tions, et couronne les excès du dimanche et du
samedi soir.

Après la *paye*, les ouvriers se divisent en
deux camps, ceux qui rentrent tranquillement
à la maison et viennent faire profiter la famille
du gain péniblement acquis pendant la semaine,
et ceux qu'un sentiment égoïste pousse à jouir
sans retard du bénéfice de leur travail et à
oublier dans une orgie de trois jours la misère
de leur ménage.

On remarque chez les plus endurcis de ces
derniers une singulière dépression du sens
moral.

Affaiblie par les excès, leur imagination
brouille volontiers toutes les notions du juste et
de l'injuste, et ils en arrivent à prendre leur
manière d'agir pour l'unique règle à suivre.

Nous avons lu quelque part, à ce propos,
le mot caractéristique que voici:

C'était un lundi. Des ouvriers attablés à la

porte d'un marchand de vins, achevaient de consommer leurs dernières ressources.

Bon nombre de bouteilles vides encombraient la table, et le désordre des esprits était en raison directe du liquide absorbé.

Passe un ouvrier se rendant à son travail.

Un des buveurs l'interpelle.

« Hé! compagnon, payes-tu une tournée?

— Impossible, répond l'autre, la cloche de l'atelier a sonné, je ne veux pas perdre mon temps. »

Et il s'éloigne.

L'ivrogne le regarde, puis haussant les épaules et s'adressant à ses compagnons:

« Il va travailler, fait-il, *faignant*, va. »

Singulière querelle, n'est-ce pas? C'est le vice jetant son insulte à la vertu; l'oisiveté flétrissant le travail du nom qu'on inflige aux oisifs!

Ainsi, dans l'esprit de cet ivrogne, cet honnête ouvrier était un fainéant, parce qu'il refusait de s'associer à un plaisir ruineux pour la bourse, pour le corps et pour l'esprit.

Quand l'ouvrier mécontent de lui-même et des autres a dévoré son dernier sou, quand vient le lundi soir et que les fumées de l'ivresse commencent à se dissiper, il se sent la tête lourde, la gorge en feu, le système nerveux exaspéré.

Il s'endort alors d'un sommeil pénible, et souvent le lendemain il n'a plus la force de se rendre à cet atelier, que la veille il a déserté par paresse.

Encore une journée de perdue!

Le mercredi, il se sent mieux portant, mais il travaille mollement, et ce n'est vraiment que le jeudi et le vendredi qu'il accomplit consciencieusement sa tâche.

L'abus des boissons amène de bonne heure les maladies de toutes sortes.

Les cheveux blanchissent, le visage se contracte, les lèvres sont violacées, les yeux caves, brillants du feu de la fièvre et bordés d'une frange écarlate; les chairs des joues deviennent pendantes, la voix s'altère, l'homme est perdu sans ressources.

L'ivresse amène un genre de folie terrible à observer.

Dans ses accès, une aberration du sens de la vue montre au malade, sur lui et autour de lui, une multitude d'animaux immondes.

Des crapauds, des serpents, des rats, l'attaquent, le poursuivent, s'attachent a son corps, à ses bras, à son visage. Il les repousse, il crie, vains efforts, la vision terrible le poursuit toujours, la folie est maîtresse de lui, ses forces s'usent dans cette lutte imaginaire, il meurt dans ces terreurs et dans ces angoisses. Quel spectacle et quelle leçon!

Ce n'est pas toujours la folie qui triomphe du débauché, c'est encore une maladie si terrible, si prompte, qu'elle revêt tout le caractère d'un châtiment céleste.

On l'appelle la *combustion spontanée*.

C'est, dit Nysten, dans son excellent dictionnaire (page 331), la destruction rapide du corps humain, par l'effet d'un feu, dont la nature et l'origine sont encore inconnues, mais que l'on

croit dépendre d'un état particulier de l'orga-
nisme. Cet accident, assez rare n'a guère été
observé que chez des individus d'un âge avancé,
d'un grand embonpoint, et dont les tissus étaient
pour ainsi dire imprégnés d'alcool, par un long
abus de liqueurs spiritueuses; cependant, on a
des exemples bien arrêtés de combustion spontanée, chez des individus qui ne présentaient
aucune de ces conditions. Le corps brûle avec
une flamme bleuâtre, que l'eau active souvent
au lieu de l'éteindre. Tous les tissus, réduits en
cendres, à l'exception de quelques pièces osseuses, ne laissent pour résidu qu'une matière
grasse, fétide, une suie puante et pénétrante,
un charbon onctueux et léger.

Les uns admettent, dans les individus qui
ont présenté ce phénomène, la disposition particulière de l'organisation indiquée ci-dessus;
mais ils croient qu'il est nécessaire pour que
la combustion ait lieu, que le corps se trouve
en contact avec une lampe, une bougie ou une
matière quelconque en ignition.

Les journaux enregistrent chaque année quelques cas de combustion spontanée.

Un d'entre eux nous revient à la mémoire.

C'était dans l'un des plus misérables quar-
tiers de Paris. Une vieille femme, adonnée à la
boisson, habitait là une obscure mansarde,
qu'elle quittait tous les matins à la même heure.
Un jour, on ne la vit pas paraître. On s'in-
quiéta, on se rappela que la veille elle s'é-
tait livrée à ses excès habituels, on pensa
qu'elle était malade; quand ses voisins péné-
trèrent dans son réduit, il ne trouvèrent sur le

grabat de cette créature, qu'un petit amas de cendres et d'os.

C'était tout ce qui restait de la malheureuse femme, dévorée pendant la nuit, par la combustion instantanée, suite terrible de ses vices.

En regard de cette scène, il faut mettre une image consolante, il faut montrer l'honnête artisan, réservant toutes ses forces pour le labeur quotidien, élevant sa famille, se glorifiant des enfants sains et robustes que Dieu lui a donnés et ne cherchant pas, quand le mauvais sort l'atteint, un secours factice dans les excitations de l'ivresse.

Comme l'homme serait heureux à peu de frais, s'il savait arranger sa vie !

Nous avons connu, dans les environs de Paris, une petite famille d'ouvriers, digne d'être offerte en exemple.

Ils étaient là cinq personnes, le père, la mère et trois enfants.

Tout cela travaillait avec ce gai courage que donne un dévouement mutuel ; à la fin de la semaine, chacun rapportait son salaire à la maison, on comptait les gains, on payait les petites dettes du ménage, et le dimanche, gai, dispos, content de soi, on allait dîner à la campagne, à peu de frais, et on s'en revenait le soir au gîte, en chantant gaiement le long des chemins.

Pour ces braves travailleurs-là pas d'autre jour de repos que le jour du Seigneur ; pas de lundi, ce lundi terrible dont l'observance est devenue si générale que les patrons et les chefs d'ateliers ont fini par le considérer comme un second dimanche, comme une continuation de la période de chômage régulier.

Nous en avons dit assez sur l'abus des boissons.

Ce sont des questions sur lesquelles il n'est pas besoin d'insister ; il est d'une hygiène tout à fait élémentaire de se préserver des excès de boisson aussi bien que des excès de nourriture; la prudence est, en ces choses, la protectrice naturelle et le guide de la santé de l'âme et du corps.

Il est un autre sujet que le plan même de ce livre nous fait un devoir d'aborder et vis-à-vis duquel nous éprouvons cependant une vive répugnance.

Notre travail sur l'amour et le mariage doit être mis entre les mains de tous, et nous tenons à en écarter les détails blessants et les explications repoussantes

Il est des plaies humaines dont on hésite à soulever le voile devant les yeux de la foule, quelque intérêt que l'humanité ait à les connaître pour se pénétrer à leur aspect d'une salutaire horreur.

Toutefois, comme c'est surtout en vue de la moralité du mariage dans son principe et dans les suites que nous écrivons, il ne saurait nous être permis de tourner l'obstacle qui se présente à nous.

Nous toucherons donc, mais nous toucherons avec précaution, à cette gangrène sociale qu'on appelle l'abus des plaisirs, et nous laisserons entrevoir quelques-uns de ses effets terribles.

L'homme est né pour l'amour; mais il est né

pour un amour pur. Dans une femme il doit
voir autre chose qu'un moyen ; il doit incliner
son esprit devant elle avant de lui soumettre
ses sens ; en un mot, il doit aimer et non point
seulement désirer dans le but brutal de cette
expression.

Beaucoup s'écartent de cette règle, qui est
la seule vraie et la seule bonne. Ceux-là cherchent uniquement le plaisir, et ils le cherchent
sans modération dans leurs appétits.

C'est pour eux, c'est pour satisfaire à ces
passions désordonnées que se sont ouverts les
cloaques de la prostitution.

Il est des femmes que le vice prend de bonne
heure et élève pour la dépravation de leur époque ; elles perdent peu à peu tout ce qui les
rendait dignes de ce doux nom de femme ; elles
n'ont plus ni cœur, ni esprit, ni délicatesse, ni
honneur, ni vertu ; à peine conservent-elles
quelques années, dans cette dure existence
d'enfance, la beauté, qui est tout ce qui leur
reste de leur sexe.

L'homme qui se livre à ces créatures prépare
la ruine de son corps et de son cœur.

Il court d'abord au plaisir avec l'impétuosité
familière à la jeunesse ; on l'excuse, on lui par-
donne cette folie, pensant que l'âge attiédira
l'ardeur qui le dévore.

Mais une fois pris dans l'engrénage des jouissances matérielles. l'homme a rarement la force
de s'en arracher. Il entre plus avant dans cette
vie, où tout est misère et honte ; ses sens, affai-
blis bientôt, demandent une excitation nouvelle;
il surmène la nature, il devient pareil aux ani-

maux immondes, et quand il sort de cette sentine du vice, il se trouve vieux avant l'âge, épuisé d'intelligence et de vie.

Les excès de cette nature sont la cause première de la dégénérescence des races.

L'homme qui s'y est abandonné n'apporte plus dans le mariage qu'un sang pauvre, souvent vicié ; les enfants nés d'une telle union viennent au jour peu viables, rachitiques ou scrofuleux, et les pauvres petits êtres sont comme un vivant reproche sous les yeux du père qui leur lègue cette misérable organisation.

La recherche abusive du plaisir est donc une cause incessante de maladies, maladies honteuses, souvent mortelles dans leurs suites ; l'épuisement prématuré, la phthisie, les affections du cerveau, les paralysies, sont les conséquences d'une vie livrée à l'assouvissement des appétits charnels.

MONSTRUOSITÉS

CHAPITRE XII

Les monstruosités humaines.

On appelle monstre en histoire naturelle tout individu qui s'éloigne plus ou moins de la forme normale.

Les ouvrages de tératologie divisent les monstres en quatre catégories :

1° Les monstres par excès, c'est-à-dire ceux qui présentent plusieurs corps ou des parties appartenant à un autre corps ;

2° Les monstres par défaut, en d'autres termes les êtres incomplets ;

3° Les monstres par renversement d'organes;

4° Et enfin ceux dont le corps présente des parties d'une espèce étrangère à la leur.

Cette dernière catégorie est restée dans le domaine de la fable.

C'est parmi les monstres à excès qu'il faut placer les individus présentant deux corps soudés l'un à l'autre, ou des membres accessoires greffés sur les principaux.

Les auteurs spéciaux ont raconté l'histoire de deux petites filles qui se trouvaient accolées l'une à l'autre par le front.

L'une d'elles mourut et on crut sauver l'autre en tranchant le lien de chair qui l'unissait à sa jumelle, — mais elle tomba bientôt en

8.

langueur, et mourut à son tour très-peu de temps après.

Les frères Siamois, très-connus des Parisiens, adhéraient l'un à l'autre par l'estomac.

Leur intelligence était assez remarquable, et quoiqu'ils eussent une pensée distincte, leurs goûts étaient dans une telle harmonie qu'il y avait rarement lutte entre leurs deux volontés.

On leur proposa de les séparer, mais ils n'y voulurent pas consentir.

Une femme âgée de 24 ans mit au monde deux enfants soudés par le sommet de la tête.

« La jonction de ces jumeaux s'opérait à la partie supérieure du crâne; le cuir chevelu était recouvert d'une toison épaisse et fine; les deux visages, offrant des traits agréables, se trouvaient tournés l'un en haut, l'autre en bas, et n'avaient aucun rapport de ressemblance. Les deux corps étaient parfaitement conformes. Ce monstre, enfanté à terme, ne vécut que quelques mois » (1).

Voici un autre fait tiré des Archives de la médecine :

« Il existe à Macao un Chinois âgé de 22 ans, portant sur la partie antérieure de la poitrine un fœtus acéphale (sans tête), très-bien conformé, qui lui descend jusqu'aux genoux.

« Ce petit corps humain, privé de tête et d'un sexe semblable à celui du Chinois, jouit d'une grande sensibilité et se contracte au plus léger attouchement. Le Chinois ressent

(1) Histoire naturelle de l'homme et de la femme, J. Debay, p. 98.

les pincements pratiqués sur le fœtus et se met à crier lorsqu'ils sont trop forts. Ce monstre est encore vivant à Macao, et n'a pas voulu venir en Europe malgré les offres avantageuses que lui fit un médecin anglais. »

Plusieurs cas du même genre ont été remarqués à diverses époques.

Si l'on a constaté l'existence de monstres à deux corps, on a vu aussi des monstres à deux têtes.

Telle fut une petite fille, née en Espagne au siècle dernier. Elle présentait deux visages opposés l'un à l'autre, et mangeait par deux bouches, douées l'une et l'autre d'un appareil vocal.

Le reste du corps ne présente rien de particulier.

Le poëte anglais Buchanan raconte en ces termes l'histoire d'un autre individu à deux têtes :

«Vers le commencement du règne de Jacques IV, naquit en Écosse un monstre à deux têtes, deux poitrines, quatre bras, un seul ventre et deux jambes. Élevé avec beaucoup de soins par les ordres du roi, ce monstre apprit plusieurs langues qu'il parlait avec beaucoup de facilité. Les deux têtes avaient souvent des volontés opposées, et ces dissidences amenaient fréquemment des querelles. Cet être, dont l'étude physiologique et psychologique eût été si intéressante, vécut jusqu'à 28 ans. »

D'autres monstres n'ont pour caractère distinctif que la grosseur démesurée de leur tête; dans le sexe féminin, on a observé des multimammes, c'est-à-dire des femmes à plusieurs mamelles.

Une mulâtresse du Cap en possédait cinq fournissant chacune une grande quantité de lait. En la douant d'une manière si prodigieuse, la nature semblait avoir en vue sa fécondité future, car cette femme devint mère à 14 ans, et ayant eu plusieurs grossesses, accoucha chaque fois de quatre ou cinq enfants.

La cause des monstruosités qui viennent d'être passées en revue réside sans nul doute dans la confusion de deux embryons qu'une compression extérieure force à se rapprocher et soude ensemble dans le sein même de leur mère.

C'est là du moins une hypothèse fort plausible touchant l'origine des monstres par excès.

Parmi les monstres par excès, il n'y en a pas de plus frappants, dit Buffon, que ceux qui ont un double corps et forment deux personnes.

Le 26 octobre 1701, il est né à Tzani (Hongrie) deux filles qui tenaient ensemble par les reins; elles ont vécu vingt et un ans; à l'âge de 7 ans, on les amena en Hollande, en Angleterre, en France, en Italie, en Russie et presque dans toute l'Europe; âgées de 9 ans, un bon prêtre les acheta pour les mettre au couvent à Saint-Pétersbourg, où elles sont restées jusqu'à l'âge de 21 ans, c'est-à-dire jusqu'à leur mort, qui arriva le 23 février 1723.

M. Tortos, docteur en médecine, a donné à la Société royale de Londres, le 3 juillet 1757,

MONSTRUOSITÉS

une histoire détaillée de ces jumelles, qu'il avait trouvée dans les papiers de son beau-père, Carl. Ràyger, qui était le chirurgien ordinaire du couvent où elles étaient.

L'une de ces jumelles se nommait Hélène, l'autre Judith; dans l'accouchement Hélène parut d'abord jusqu'au nombril, et trois heures après, on tira la jambe et après elle Judith.

Hélène devint grande et était fort droite, Judith fut plus petite et un peu bossue; elles étaient attachées par les reins, et pour se voir, elles ne pouvaient tourner que la tête.

Elles paraissaient s'aimer tendrement; à 6 ans Judith devint percluse du côté gauche, et quoique par la suite, elle parût guérie, il lui resta toujours une impression de ce mal, et l'esprit lourd et faible.

Au contraire, Hélène était belle et gaie, elle avait de l'intelligence et même de l'esprit.

Elles eurent en même temps la petite vérole et la rougeole; mais toutes leurs autres maladies ou indispositions leur arrivaient séparément, car Judith était sujette à une toux et à la fièvre.

Comme elles approchaient de 22 ans, Judith tomba gravement malade et mourut le 23 février; la pauvre Hélène fut obligée de suivre son sort; trois minutes avant la mort de sa sœur, elle tomba en agonie, et mourut presque en même temps.

Les monstres par défaut, ceux qui naissent incomplets, sont plus rares que les précédents.

On cite des individus ayant un pied unique,

ın seul œil, vices qui dépendent de la fusion
le deux organes en un seul.

Le plus connu des monstres par défaut est
ans contredit le peintre César Ducornet, né
Lille en 1806 et venu au monde sans bras.

«Sa taille, dit M. Debay (1), était de 3 pieds
pouces ; sa tête et sa poitrine très-bien con-
ormées ; la colonne vertébrale légèrement
éviée à droite. Les deux bras et avant-bras
ıanquaient en totalité. Les membres inférieurs
ınsistaient en deux jambes très-courtes qui,
ès la naissance ayant été affectées de luxa-
ons spontanées, s'étaient fixées sur les côtés
es bassins et avaient perdu en grande partie
mobilité ordinaire. Les pieds étaient bien
ınformés; l'espace qui existe entre le gros
rteil et le doigt correspondant était plus grand
ıe dans l'état normal. Cette conformation,
inte à un exercice journalier, a eu des résul-
ts très-heureux, c'est-à-dire que les pieds se
ıt transformés en de véritables mains.

«Dès son enfance, Ducornet manifesta une
rande aptitude pour le dessin; à l'aide de ses
eds il saisissait ses crayons, ses plumes et
s taillait avec une admirable dextérité;
. Wateau, alors directeur de l'Ecole de
ınture de Lille, l'ayant vu dessiner, résolut
ı lui donner des leçons; le jeune Ducornet
de si rapides progrès en peu d'années, qu'il
mporta le grand prix annuel de sa ville
ıtale. Après ce premier succès, il vint à Paris
ɔur continuer ses études et se perfectionner

(1) Ouv. cité, p. 108.

dans son art. Il obtint plusieurs médailles, et ses ouvrages, jugés dignes de la faveur de l'exposition, le classèrent parmi les jeunes peintres distingués de son époque. En 1832, il eut la commande du portrait du roi pour la préfecture de Lille. L'année suivante, pareille commande lui fut faite pour la sous-préfecture de Sisteron. Il travailla trois ans à un grand tableau représentant *Madeleine aux pieds du Christ après sa résurrection*, qui fut exposé et acheté par le ministre de l'intérieur.»

Après César Ducornet, et dans une sphère tout à fait inférieure, les Parisiens ont étudié avec intérêt un autre podigraphe.

C'était une espèce de bateleur qui travaillait sur les places publiques et se servait de ses pieds pour remplacer les mains absentes.

Il enfilait une aiguille, armait un pistolet, allumait sa pipe, débouchait une bouteille, se servait à boire et faisait le nœud de sa cravate avec une adresse surprenante.

Les orteils étaient plus allongés et plus flexibles que d'ordinaire et l'exercice les rendait propres, ainsi qu'on vient de le voir, à remplacer parfaitement les mains.

Certaines monstruosités ne se manifestent pas à l'extérieur.

Tels sont les *renversements d'organes*. Les *Mémoires de l'Académie des sciences* parlent d'un homme mort à 72 ans et qui portait à gauche tous les organes que la nature place habituellement à droite et réciproquement.

Nous ne voulons pas nous arrêter sérieusement aux monstres fabuleux.

A diverses époques, le peuple a adopté de naïves croyances, et ces croyances, transmises d'âge en âge, ont fini par prendre un certain caractère de certitude qui égare encore l'esprit de bien des gens.

Les anciens ont cru aux satyres, qui avaient un corps d'homme et des pieds de bouc ; aux centaures, qui portaient un torse humain sur un corps de cheval, et aux sirènes, moitié femmes et moitié poissons.

Au moyen âge on redoutait les hommes marins, les hommes loups et encore les sirènes, auxquelles, même de nos jours, on a fait les honneurs de descriptions quasi-sérieuses.

Il est possible qu'il ait existé des races d'êtres aujourd'hui éteintes, se rapprochant de la race humaine quant à la conformation de leur corps ; mais donner aux individus de ces races le nom d'hommes, c'est entrer dans le domaine de la fantaisie.

CHAPITRE XIII

Les géants et les nains.

Les vieilles traditions nous ont transmis les noms d'un grand nombre de géants fabuleux.

On se souvient d'*Eucelade*, de *Briarée*, d'*Ovian*, de *Polyphénie*, d'*Éphialter*, de *Cacus* et des *Titans*, qui tentèrent d'escalader le Ciel et que Jupiter arrêta.

La Bible elle-même parle d'une race gigantesque vivant dans le pays de Chanaan ; elle dépeint les habitants d'Hénac comme si prodigieusement hauts, que les autres hommes, à côté, paraissaient semblables à des sauterelles.

La nature produit, il est vrai, quelques sujets d'une taille exceptionnelle ; mais, dans les récits héroïques touchant les géants, il faut faire une large part à l'exagération des conteurs.

Le géant Ferragut que tua Roland, neveu de Charlemagne, était, suivant la légende, haut de près de 20 pieds, plus robuste que dix chevaux, et sa lourde massue écrasait un homme comme on écrase une fourmi.

A diverses reprises, on a trouvé dans le sol des os énormes, au delà de toute hypothèse, et que la croyance populaire faisait provenir de géants morts depuis des siècles.

La science moderne, plus éclairée et moins

crédule, a reconnu que, dans la plupart des
cas, les os gigantesques constituaient les ves-
tiges d'animaux antédiluviens.

A notre époque on donne volontiers le nom
de géants à tout individu qui dépasse de quelques pouces la taille de ce qu'on est convenu
d'appeler un bel homme.

«Parmi les géants qui se sont offerts et qui
s'offrent chaque jour aux curieux, dit M. Debay (ouvrage cité, pag. 151), nous citerons les
plus remarquables :

« Un Piémontais vu par Debrio, à Rouen,
dépassait 9 pieds.

« Le géant que Scaliger vit à Milan, couché
sur deux lits, placés bout à bout, pouvait avoir
9 pieds 4 pouces.

« Les géants de Salisbury et de Thoresby
avaient 9 pieds 3 pouces.

« Un garde du duc de Brunswick, 8 pieds
6 pouces.

« Un garde du roi de Prusse, 8 pieds 5
pouces.

« Un Suisse examiné par Baudin, 8 pieds. »

Les géants sont généralements lents, mous et
énervés. Ces grands corps ont une activité
moindre que les hommes de taille moyenne ;
ils vieillissent vite et vivent généralement peu.

Pas plus que les géants, les nains n'ont existé
à l'état de famille ou de race particulière.

Ils sont toujours restés les uns et les autres
comme une exception dans la nature.

Les nains, êtres arrêtés dans leur développement normal par des causes que la médecine

explique, sont ordinairement incapables de se reproduire par le mariage.

Parmi les nains les plus célèbres, il faut citer Bébé; dont le squelette figure dans les galeries du *Muséum*, à Paris.

Bébé se nommait réellement Nicolas Ferry.

Son surnom lui fut donné par le roi de Pologne, Stanislas, auquel il appartenait.

Né à Plaisance, dans les Vosges, de parents bien constitués, il vint au monde à sept mois de terme.

Le jour de sa naissance, il n'avait que 8 pouces de longueur et pesait 9 onces.

Un sabot lui servit de berceau, et quand il atteignit sa douzième année, sa taille ne dépassait pas 25 pouces.

Sa croissance s'arrêta à 33 pouces.

Il fut marié à une naine de sa taille et mourut à 23 ans, présentant tous les signes de la décrépitude.

Le roi des nains contemporains fut Tom-Pouce qui, après de nombreuses pérégrinations en Europe et en Amérique, reparut à Paris, en 1865, amenant avec lui sa femme et son enfant.

CHAPITRE XIV

Royaume des nains.

On sait que l'intérieur de l'Afrique est peu connu. Cependant, depuis quelque temps, grâce aux voyages d'hommes intrépides, on commence à mieux connaître cette partie de l'Afrique.

Après les hommes à queue, qui ont donné lieu à beaucoup de controverses, nous croyons devoir parler des nains blancs, qu'on trouve dans quelques parties de l'île de Madagascar et sur la côte orientale de l'Afrique.

Voici ce qu'en dit le savant Dr Meunier :

« Les amateurs du merveilleux seront sans doute très-heureux d'apprendre qu'il existe une race de pygmées qui habitent les hautes montagnes de l'intérieur de la grande île de Madagascar, et qui y forment un corps de nation considérable, appelé Quimos ou Kimos en langue madécasse.

« Ôtez-leur la parole, ou donnez-la aux singes grands et petits, ce serait le passage insensible de l'espèce humaine à la gent quadrupède.

9.

«Le caractère distinctif et naturel de ces petits hommes est d'être blancs, ou du moins
plus pâles en couleur que tous les noirs con-
nus ; d'avoir les bras très-allongés, de façon
que la main atteint au-dessous du genou sans
plier le corps, et pour les femmes, de marquer
à peine leur sexe par des mamelles, excepté
dans le temps qu'elles nourrissent; encore on
assure que la plupart sont forcées de recourir
au lait de vache pour nourrir leurs nouveau-
nés.

«Quant aux facultés intellectuelles, ces Quimos le disputent aux autres Malgaches (c'est
ainsi qu'on appelle les naturels de Madagascar)
que l'on voit être fort spirituels et fort adroits,
quoique livrés à la plus grande paresse.

«Mais on assure que les Quimos, beaucoup
plus actifs, sont aussi plus belliqueux; de façon que leur courage étant, si je puis m'expri-
mer ainsi, en raison double de leur taille, ils
n'ont jamais pu être opprimés par leurs voisins
qui ont souvent maille à partir avec eux.

«Quoique attaqués avec des forces et des
armes inégales (car ils n'ont pas l'usage de la
poudre et des fusils, comme leurs ennemis), ils
se sont toujours battus courageusement et
maintenus libres dans leurs rochers; leur difficile accès contribue sans doute beaucoup à
leur conservation : ils y vivent de riz, de différents fruits, légumes et racines, et y élèvent un
grand nombre de bestiaux, tels que bœufs à
bosse et moutons à grande queue, dont ils em-
pruntent aussi en partie leur subsistance.

«Ils ne communiquent avec les différentes

castes malgaches dont ils sont environnés, ni
par commerce, ni par alliance, ni de quelque
manière que ce soit, tirant tous leurs besoins
du sol qu'ils possèdent.

« Comme l'objet de toutes les petites guerres
que se font entre eux et les autres habitants de
cette île est de s'enlever réciproquement quelque bétail ou quelques esclaves, la petitesse
des Quimos les mettant presque à l'abri de
cette dernière injure, ils savent, par amour de
la paix, souffrir la première jusqu'à un certain
point, c'est-à-dire que quand ils voient du haut
de leurs montagnes quelque formidable appareil de guerre qui s'avance dans la plaine, ils
prennent le parti d'attacher à l'entrée des défi-
lés par où il faudrait passer pour aller à eux,
quelque superflu de leurs troupeaux, dont ils
font, disent-ils, volontairement le sacrifice à
l'indigence de leurs frères aînés ; mais avec
protestation, en même temps, de se battre à
toute outrance, si l'on passe à main armée plus
avant sur leur terrain : preuve que ce n'est pas
par sentiment de faiblesse, encore moins par
lâcheté, qu'ils font précéder les présents.

« Leurs armes sont la zagaie et le trait, qu'ils
lancent on ne peut pas plus juste. On prétend
que s'ils pouvaient, comme ils en ont grande
envie, s'aboucher avec les Européens, et en
tirer des fusils et des munitions de guerre, ils
passeraient volontiers de la défensive à l'of-
fensive contre leurs voisins, qui seraient peut-
être alors trop heureux de pouvoir entretenir
la paix.

« A trois ou quatre journées du fort Dauphin. qui est à l'extrémité du sud de Madagascar, les gens du pays montrent avec beaucoup de complaisance une suite de petits monticules de terre élevés en forme de tombeaux, qu'ils assurent devoir leur origine à un grand massacre de Quimos défaits en plein champ par leurs ancêtres, ce qui semblerait prouver que nos braves petits guerriers ne se sont pas toujours tenus cois et rencognés dans leurs hautes montagnes, qu'ils ont peut-être eu l'audace, malgré l'exiguïté de leur taille, d'aspirer à la conquête du plat pays, et que ce n'est qu'après cette défaite calamiteuse qu'ils ont été obligés de regagner leurs âpres demeures.

« Quoi qu'il en soit, cette tradition constante dans ces cantons, ainsi qu'une notion généralement répandue par tout Madagascar de l'existence encore actuelle des Quimos, ne permettent pas de douter qu'une partie au moins de ce qu'on raconte ne soit véritable. »

Le Dr Meunier a vu une femme Quimose, âgée d'environ 30 ans, haute de 3 pieds 7 à 8 pouces, dont la couleur était, dit-il, de la nuance la plus éclaircie qu'il ait vue parmi les habitants de cette île. Il remarqua qu'elle était très-membranue dans sa petite stature, ne ressemblant point aux petites personnes fluettes, mais plutôt à une femme de proportions ordinaires dans le détail, mais seulement raccourcie dans sa hauteur ; que ses bras étaient effectivement très-longs et atteignaient, sans qu'elle se courbât, la rotule du genou ; que ses cheveux étaient courts et laineux, sa physionomie assez bonne, se rapprochant plus de l'Européenne que de la Malgache.

Elle avait habituellement l'air riant, l'humeur douce et complaisante, et le bon sens commun, à en juger par sa conduite.

Quant au fait des seins, elle n'en avait que le bouton, comme dans une fille de 10 ans, sans la moindre flaccidité de la peau qui pût faire croire qu'ils fussent passés.

Mais cette observation seule est bien loin de suffire pour établir une exception à la loi commune de la nature : combien de femmes et de filles européennes, à la fleur de leur âge, n'offrent que trop souvent cette défectueuse conformation.

Peu avant notre départ de Madagascar, connue ce savant distingué, l'envie de recouvrer la liberté porta la petite esclave à s'enfuir dans les bois : on la ramena quelques jours après, mais dans un état à faire pitié et presque morte de faim. On voulait l'emmener en Europe, mais, c'est autant aux souffrances qu'elle avait endurées dans les bois qu'au chagrin qu'elle ressentit lorsqu'elle perdit de vue les pointes des montagnes où elle était née, qu'il fut attribuer sa mort, arrivée environ un mois après, à Saint-Paul (île Bourbon.)

Je conclus donc, dit le Dr Meunier, autant sur cet échantillon que sur les preuves accessoires, par croire fermement à cette nouvelle dégradation de l'espèce humaine, qui a son

signalement caractéristique comme ses mœurs
propres, et si quelqu'un, trop difficile à per-
suader, ne veut pas se rendre aux preuves al-
léguées (qu'on désirerait vraiment plus multi-
pliées), qu'il fasse du moins attention qu'il existe
des Lapons à l'extrémité boréale de l'Europe;
que la diminution de notre taille à celle du Lapon, est à peu près graduée comme du Lapon
au Quimos; que l'un et l'autre habitent les
zones les plus froides ou les montagnes les plus
élevées de la terre; que celles de Madagascar
sont évidemment trois ou quatre fois plus ex-
haussées que celles de l'Ile de France; c'est-à-
dire 16 à 1800 toises au-dessus du niveau de
la mer.

Les végétaux qui croissent naturellement
sur ces plus grandes hauteurs, ne semblent
être que des avortons, comme le pin et le bou-
leau nain et tant d'autres qui, de la classe des
arbres, passent à celle des plus humbles ar-
bustes, par la seule raison qu'ils sont devenus
alpicoles, c'est-à-dire habitants des plus hautes
montagnes.

Qu'enfin ce serait le comble de la témérité,
que de vouloir avant de connaître toutes les
variétés de la nature, en fixer le terme, comme
si elle ne pouvait pas s'être habituée, dans
quelque coin de la terre, à faire sur toute une
race, ce qu'elle ne nous paraît avoir ébauché
que comme par écart, sur certains individus
qu'on n'a vu parfois ne s'élever qu'à la taille du
papion ou des marionnettes?

Nous allons maintenant détourner les yeux

le ces misères, et entrer dans la partie morale
le notre œuvre.

L'histoire de l'amour et du mariage, les di-
ers devoirs de l'homme et de la femme, les
preuves de la maternité et le spectacle de la
amille, doivent nous fournir encore bien des
ujets intéressants à divers titres.

FIN DU PREMIER VOLUME.

TABLE DES MATIÈRES

FIN DE LA TABLE DU PREMIER VOLUME.

Paris. — Typ. A. Parent rue Monsieur-le-Prince, 31.